Alberto Manguel

Stevenson unter Palmen

Eine metaphysische
Kriminalgeschichte

*

Aus dem Englischen
von Chris Hirte

S. Fischer

Druck und Bindung: Clausen & Bosse, Leck
Printed in Germany
ISBN 3-10-047750-2

Für Craig, den anderen Stevenson

Es wandelt niemand ungestraft unter Palmen.

Goethe, Die Wahlverwandtschaften

Als es Abend wurde, verließ Robert Louis Stevenson das Haus und ging den langen Fußweg zum Strand hinunter. Auf der Veranda verstellten ihm die Bäume den Blick aufs Meer, das zweihundert Meter tiefer lag und den Hintergrund zweier bewaldeter Schluchten bildete. Wollte er die letzten Minuten des Sonnenuntergangs und den Einbruch der klaren Nacht genießen, musste er seinen bevorzugten Aussichtsposten unter den Mangroven aufsuchen, ungeachtet der Moskitos und Sandfliegen (wie er sich tapfer sagte).

Dass er nicht allein war, bemerkte er erst, als sich zwischen den gedrungenen Stelzenwurzeln etwas zu regen begann. Was er für einen Schatten von vielen gehalten hatte, war ein Mann, der sich nun zu ihm umdrehte und ihn zu mustern schien. Er trug einen breitkrempigen Hut, der dem seinen ähnelte, und obwohl Stevenson sein Gesicht nicht erkennen konnte, sah er, dass der Mann ein Weißer war.

»Die Sonne sinkt so schnell, dass man meinen könnte, ihr Feuer verlischt im Wasser«, sagte Stevenson, um das Schweigen zu brechen.

»Genauso ist es«, erwiderte der Mann, ohne sich zu erheben, und Stevenson vernahm mit Freude den kräftigen schottischen Akzent, der zu seinem Kummer in den besseren Vierteln Edinburghs bereits ausgestorben war.

»Ich glaube, wir sind uns noch nicht begegnet«, sagte Stevenson, trat auf ihn zu und reichte ihm die Hand. Es gab nicht viele Weiße in Apia, und Stevenson, der berühmteste Bürger Samoas, war allen, ob er wollte oder nicht, persönlich vorgestellt worden.

»Baker mein Name«, sagte der Mann. »Und natürlich weiß ich, wer *Sie* sind. Ich bereise die Inseln seit Gott weiß wie lange. Ihr Name hat sich sogar bis nach Tonga herum

gesprochen. Manchmal gebe ich vor, mit Ihnen verwandt zu sein, um mein Anliegen zu befördern.«

»Und das wäre?«

»Der Weg zum Heil. Ein Anliegen, das wohl jeder rechtschaffene Mann unterstützen wird. Offiziell arbeite ich an einer Zählung, einer Bestandsaufnahme der Missionsarbeit in diesem gottverlassenen Winkel des Ozeans. Wir behalten diese Dinge gern im Auge. Wir, die Missionsgesellschaft von Edinburgh.«

Stevenson setzte sich auf eine Wurzel und blickte hinaus. Am Himmel zeigten sich die Sterne, das Meer nahm eine bleiche Färbung an. »Wann haben Sie Edinburgh verlassen?«, fragte er.

»Vor so langer Zeit, dass ich das Datum vergessen habe«, sagte der Mann. »Inzwischen ist mir die Stadt so fern, dass sie für mich kaum noch existiert.«

»Auf mich trifft das Gegenteil zu«, sagte Stevenson. »Hier in der Ferne ist sie mir näher als je zuvor. Beim Einschlafen spüre ich ihre feuchte Kälte in der Nase, und wenn ich morgens aufwache, brennt mir der Kohlenrauch in den Augen.«

»Das beste Klima, um die Seele zu wappnen, will ich meinen. Hier lässt die Hitze alle verweichlichen, und die Sünde treibt Blüten im Morast.«

Er ließ eine Hand voll Sand durch die Finger rieseln.

»Wie lange beabsichtigen Sie in Samoa zu bleiben?«, fragte Stevenson, nicht aus Neugier, sondern um den Mann reden zu hören.

»Bis mein Werk vollbracht ist«, sagte Baker.

*

Wenig später, als im großen Zimmer der Villa das Abendessen aufgetragen wurde, erzählte Stevenson seiner Frau von dem Zusammentreffen, die dazu bemerkte, es würden sich bei weitem zu viele Schotten in der Weltgeschichte herumtreiben. »Der ist vom kalten Schlag«, sagte er leise, beinahe zu sich selbst, und er fragte sich, was seine Vorfahren mit dieser Redensart gemeint haben mochten.

*

Für den nächsten Tag war oben im Dorf ein Fest angesagt. Schon vor Sonnenaufgang hörte man die Karren, mit denen die Vorräte herangeschafft wurden. Männer brüllten durcheinander und sangen, Frauen riefen ihre Kinder, Schweine quickten in Todesangst, Axtschlägen folgte der krachende Sturz einer Kokospalme. Stevenson stand auf der Veranda. Versonnen blickte er in die üppige Vegetation hinaus, die das erste Licht der Frühe in sich aufsog. Wie sehr sich doch der Alltag unter diesem heißen Himmel vom Leben in dem Land unterschied, das er einmal seine Heimat genannt hatte und nach dem er zuweilen noch immer Sehnsucht verspürte. Manchmal war ihm, als könnte er die beißende Kälte und den grauen Nieselregen nicht länger missen, den tristen Anblick der Steine von Edinburgh, deren Rosagrau an die Farbe verwesender Mäuse erinnerte. Hier hingegen war Fäulnis ein Vorgang von obszöner Pracht. Er dachte an sein erstes Jahr in Samoa, an den Garten mit den herabgefallenen Papayafrüchten, deren helle Schalen schwarz wurden und aufplatzten, um ihr nach Speichel riechendes, sinnlich-fleischiges Inneres zu entblößen. Er und Fanny hatten sich von dem Anblick abgewandt, wortlos, als wären sie aus Versehen in ein unzüchtiges Spektakel geraten. In einem Bordell bei Perpignan war ihm einmal eine Frau begegnet, die bei seinem Eintreten neben der Tür saß, mit unmöglich weit gespreizten Schenkeln, und der Anblick ihrer Blöße, einer Blöße, wie sie ihm nie zuvor begegnet war, hatte ihn abgestoßen und überwältigt zugleich. In Samoa war die Nacktheit der Frauen, an der sich die Missionare so sehr störten, niemals hässlich. Wenn die Frauen abends im Meer mit ihren Kindern planschten, wogte ihr langes schwarzes Haar im Wasser wie Seeanemonen, und die Hibiskusblüten, die sie hinter den Ohren trugen, trieben auf der Oberfläche wie kleine flammende Inseln. Stevenson stand gern am Pier und betrachtete die Frauen, deren Haut hart und dunkel glänzte wie vulkanisches Gestein.

Hier in Samoa fand das, was in der klösterlichen Welt seiner Kindheit mit Heimlichkeit, Geflüster und Verlegenheit behandelt worden war, in aller Offenheit statt, unverhüllt und ohne Scham. Am Anfang hatte das seine Sinne überreizt, ihm die Sprache verschlagen, und

Fanny wurde nervös und ungehalten. Aber sie waren geblieben, und im Lauf der Jahre waren sie dem Zauber des Bunten, Aufdringlichen, Lauten verfallen und hatten sich an die mangelnde Zurückhaltung der Inselbewohner gewöhnt. Und obwohl sie hier in Vailima einen Stil pflegten, der ihnen, einem schottischen Gentleman, seiner amerikanischen Frau und der Familie (seinen zwei erwachsenen Stiefkindern und seiner bejahrten Mutter) angemessen war, konnten sie sich nun am Aufruhr der Farben und Klänge dort draußen erfreuen, am Anblick einer Welt, die ständig im Aufblühen begriffen schien wie eine Blume von betörendem Duft.

Nach dem Frühstück saß Fanny im großen Zimmer und ging die Bücher durch. Er versuchte, die Londoner Zeitungen zu lesen. In der Nacht war es ihm wie üblich schlecht gegangen, und er spürte, dass sein Kopf zu keiner Anstrengung bereit war. Die Namen, die er las, kamen ihm vage bekannt vor, doch er konnte sie nicht recht einordnen und wunderte sich zu wiederholten Malen darüber, dass die einst so vertraute Welt vollständig durch sein jetziges Leben ersetzt worden war, dass sich die alten Erinnerungen mit den neuen Eindrücken durchmischten und zunehmend von ihnen überlagert wurden. Den Klatsch und die Nachrichten von der fernen Britischen Insel las er mit der Aufmerksamkeit eines interessierten Anthropologen, und der Gedanke, dass seine dortigen Freunde desgleichen taten, wenn sie an den »alten RLS unter den Wilden von Samoa« dachten, entlockte ihm ein Lächeln.

Gegen elf meldete Sosimo, der Aufseher, dass die Kutsche angespannt sei. Die ganze Familie stieg ein – Stevenson, Fanny, Fannys Kinder Belle Strong und Lloyd Osbourne sowie die alte Mrs. Thomas Stevenson –, und Sosimo brachte den Maulesel mit der Peitsche auf Trab.

Das Dorf war mit Palmzweigen und Blumengirlanden geschmückt. Vor den frisch ausgebreiteten Fasermatten übten bereits die Trommler, jeder mit einem dreifachen Blumenkranz auf dem Kopf. Was ihnen an Können fehlte, ersetzten sie durch gute Laune. Eine Schar kleiner Mädchen kicherte ausgelassen und schwenkte die Hüften im Takt. Ein paar ältere Männer kamen heraus, um die Stevensons zu begrüßen, und halfen den Damen beim Absteigen. Mrs. Thomas Stevenson umklammerte ihren schwarzen Schirm, sprang erstaunlich behände herab und wurde sogleich und unter großem Geplapper von den alten Weibern entführt. Lloyd Osbourne bot Sosimo, der die Matten auslud, seine Hilfe an, während Stevenson, geschützt von seinem breitrandigen Hut, und Fanny und Belle, überschattet von ihren kleinen weißen Sonnenschirmen, zum Festplatz bei den Herdgruben geführt wurden. Eine Weile verfolgten sie, wie das Fleisch und die anderen Speisen inmitten dichter Rauchschwaden auf die heißen Steine gepackt wurden. Dann wurden die Herdgruben mit grünen Palmblättern bedeckt, und der Häuptling bat seine Gäste, Platz zu nehmen. Für Fanny und Belle wurden Stühle gebracht, Stevenson setzte sich, die Beine über Kreuz, zu den anderen Männern.

Dorfbewohner kamen und gingen, Kinder rannten ausgelassen umher, abgemagerte Hunde schnüffelten in allen Winkeln, bis sie mit Fußtritten verjagt wurden, ein verirrtes Huhn lief aufgeschreckt über den Platz. Stevenson verspürte bei dem, was die Amme seiner Kindheit in ihrem breiten nordenglischen Dialekt als »Ausschweifungen des Pöbels« bezeichnet hatte – Volksaufläufe, die jederzeit außer Kontrolle geraten konnten –, stets ein gewisses Unbehagen. In Menschenansammlungen, ob harmlos oder feindselig, ob aus traurigem oder freudigem Anlass, fühlte er sich nackt, und er hatte oft gegen dieses Gefühl angekämpft, das er in Ermangelung eines besseren Ausdrucks als Menschenscheu bezeichnete, sein Vater aber einst als Feigheit gebrandmarkt hatte – ein Vorwurf, den er ihm nicht vergaß. Immer mehr Menschen schienen sich um die Gäste zu scharen, und Stevenson zwang sich, entspannt zu bleiben oder wenigstens den Eindruck zu erwecken. Dann setzte die Musik ein und entfaltete ihre ganze Kraft.

Als sie nach Samoa gekommen waren, hatte Stevenson noch befürchtet, dass die befremdlichen Sitten dieser Weltgegend Empörung bei seiner Mutter auslösen könnten. Er hatte viel über diese Dinge gelesen und brannte darauf, sie mit eigenen Augen zu studieren. Dass sich Fanny als eifrige Leserin Walt Whitmans trotz ihrer amerikanisch-puritanischen Abkunft am Anblick unverdorbener Menschenfiguren, die nicht von Wind und Wetter, sondern von der Sonne erzogen waren, herzlich erfreuen konnte, bezweifelte er keinen Augenblick. Sorge bereitete ihm nur die Frage, wie seine Mutter auf den Anblick nackter Haut, auf die wiegenden Schritte reagieren würde, auf die Zähne, die zu weiß, und die Haare, die zu schwarz für eine in steife Seide und Spitzenborte gekleidete Lady aus Edinburgh waren. Doch auf Hawaii und auf Tahiti, wo die Gesichter schmal und die Haare lang und glatt waren, dann auf den Inseln von Samoa, wo sich die Physiognomien rundeten, die Haut viel dunkler wurde und sich das Haar zu dicken Büschen kräuselte, schien Mrs. Thomas Stevenson keineswegs Anstoß zu nehmen, sondern sich an Gottes reicher Natur und den vielfältigen Spielarten Seines Ebenbilds zu erfreuen. Die tahitianischen Gesichter verglich sie mit goldenen Lilien, die samoanischen Gesichter mit tintendunklen Rosen, und überall fühlte sie sich willkommen. Jetzt sah Stevenson sie in bester Laune zwischen den samoanischen Matronen sitzen. Ihre bleiche, weißhaarige Erscheinung im schwarzen Kleid wirkte wie das Umkehrbild der dunklen Frauen in den weißen Mumus.

Die Trommeln schlugen einen stetigen Rhythmus, der sich unmerklich steigerte, und mehrere laubbekränzte Männer mit Farbtupfern auf den Wangen begannen in einer Reihe zu tanzen, ermuntert vom mehrstimmigen Gesang der Frauen. Dann kamen die Frauen hinzu, sie hoben die Arme und wiegten sich harmonisch im Gleichtakt fließender Wellenbewegungen. Und schon schlossen sich, wenn auch zuweilen noch täppisch und schüchtern, die Halbwüchsigen an. Bald entdeckte Stevenson unter ihnen ein Mädchen von außergewöhnlicher Schönheit, das sich mit natürlicher Grazie bewegte.

Sie mochte dreizehn oder vierzehn sein, ihr dichtes Haar war von einem Blumendiadem bekränzt und fiel in schwarzen Wellen über ihre schmalen Schultern. Hinter ihrem Ohr prangte eine rote Hibiskusblüte, ihre kleinen Brüste waren knapp von einem Streifen bunten Stoffs verdeckt (einer Konzession an den anwesenden Missionar), und wenn sie sich wiegte, enthüllte der mit Muscheln und Perlen verzierte Bastrock ihre langen, zarten Beine. Stevenson verliebte sich sofort in ihre Augen. Während er ihr zuschaute, fing sie seinen Blick auf und lächelte zurück. Verlegen und zugleich verwundert über seine Verlegenheit wandte sich Stevenson ab. Als er wieder hinsah, war sie mitsamt ihren Freundinnen hinter den Trommlern verschwunden. Der Rhythmus wechselte. Ein hochgewachsener Mann tanzte jetzt allein in der Mitte des Kreises.

Den ganzen Tag lang sah er sie immer dann, wenn er es am wenigsten erwartete. Bei der langen Ansprache des Häuptlings hielt er ständig Ausschau nach ihr, auch danach, als sie Kava tranken und Schweinebraten mit Tarowurzeln aßen, aber sie ließ sich nicht blicken. Dann plötzlich erschien sie mit einer Schüssel gebackener Brotfrüchte, später stand sie bei den alten Frauen und kämmte einer von ihnen die Haare, darauf sah er sie kurz im Schatten des rotblühenden Flaschenbaums, lachend im Kreis ihrer Freundinnen. Einmal drehte er sich um und sah, dass sie ihn betrachtete, aber im nächsten Moment war sie schon verschwunden.

Vor vielen Jahren hatte er in Frankreich ein

Bauernmädchen ihres Alters beim Baden gesehen, und bei dessen Anblick – es war hinter einem löchrigen Wandschirm verborgen –, hatte ihn, wie er sich jetzt erinnerte, ebenfalls ein unwiderstehliches Verlangen gepackt. War es nicht Augustinus gewesen, der seinem Gott dafür gedankt hatte, dass Träume nicht zu den Sünden zählten? Er nahm einen großen Schluck Kava und schloss sich dem Dankgebet an.

Der Anfall begann wie so oft ohne Vorwarnung, erst mit einem heiseren Räuspern, dann mit einem trockenen, nicht enden wollenden Husten, der ihn am ganzen Leibe schüttelte. Schmerzen wühlten in seiner Brust und hämmerten gegen seine Schläfen. Fanny legte den Arm um ihn, er schob sie fort und wollte aufstehen – schließlich geschah es unter den Augen der ganzen Dorfbevölkerung. Lloyd Osbourne kam herüber und führte ihn zur wartenden Kutsche, doch schon vorher wurde der Husten so heftig, dass er zu zittern begann. In einem Augenblick, der ihm vorkam wie eine Ewigkeit, spürte er, dass seine Knie nachgaben, und kurz bevor er bewusstlos wurde, sah er in seinem Taschentuch einen großen Fleck von der Farbe der Hibiskusblüte, die das Mädchen im Haar getragen hatte.

*

Beim Erwachen am Morgen fühlte er sich so gut wie lange nicht mehr, als wäre der Husten, nachdem er vorübergezogen war wie ein böses Gewitter, für ihn eine Erfrischung gewesen. Selbst die leidige Atemnot war verschwunden. Fanny wollte, dass er im Bett blieb, aber das kam nicht in Frage. Er war voll kostbarer Schaffenskraft, und gleich nach dem Frühstück ging er ins Arbeitszimmer, um dem düsteren schottischen Ritterroman, an dem er schrieb, ein neues Kapitel hinzuzufügen. Es lag eine Ungeduld in seinen Vorbereitungen, die ihn verwunderte und beglückte. Er konnte es kaum erwarten, anzufangen. Er setzte sich, rückte die kurze Bücherreihe auf dem Schreibtisch gerade, zog etliche Bögen Papier unter dem Tintenlöscher hervor und tauchte die Feder ein.

Obwohl er wegen des Schreibkrampfs, der sich erst kürzlich seinen alten Gebrechen hinzugesellt hatte, Lloyd oder Belle zum Diktat bitten konnte, zog er es, wann immer möglich, vor, die Feder selbst zu führen und zu sehen, wie sich die Geschichte förmlich aufs Papier ergoss. Heute ging ihm das Schreiben wie durch ein Wunder völlig glatt von der Hand, im grellen tropischen Sonnenlicht beschwor er den Wind und den Regen von Schottland, die formenreiche, bedachtsame Sprache seiner Vorfahren. Zu Henry James hatte er einmal gesagt, sein Ehrgeiz sei es, die visuelle Dimension seines Erzählens auszulöschen. Er *hörte* die Figuren sprechen, er *fühlte* ihr Handeln, und das machte für ihn das Wesen der Literatur aus. Auf einem Blatt notierte er seine zwei literarischen Ziele:

1. Kampf dem Adjektiv.
2. Tod dem Sehnerv.

Jetzt ließ er seinen Schurken in heftiger Erregung durch die sturmgezauste Heide reiten, und er hörte die Sätze, mit denen sich dieser vorm Herrn der Heerscharen rechtfertigte, rumpeln und rollen wie Donnergetöse. Das Mädchen vom Festmahl lieh der jungen Schönen in seinem Roman das Lächeln, und damit, so glaubte Stevenson, war seiner Verliebtheit Genüge getan. »Eine lässliche Sünde«, sagte er sich und empfand Dankbarkeit.

Die Geschichte von Gut und Böse fesselte seine Aufmerksamkeit und entfaltete sich vor seinem inneren Auge, ihre Schlichtheit erfüllte ihn mit Wohlgefallen. Er schrieb bis zum Mittag, dann hörte er auf. Für einen Spaziergang an den Strand war es zu heiß, also ging er in den Garten hinaus, um die verspannten Glieder zu dehnen.

Sosimo sammelte die herabgefallenen Brotfrüchte auf, und Stevenson fragte ihn, ob er am Vormittag den neuen Missionar gesehen habe.

»Kein neuer Missionar in Vailima«, knurrte Sosimo. »Sind schon zu viele von denen in Apia.«

*

Er dachte nicht mehr an das Mädchen. Stattdessen hielt er in den nächsten Tagen Ausschau nach seinem mysteriösen Landsmann, getrieben von der Sehnsucht nach dem Edinburgher Dialekt und der kindlichen Besorgnis, ob alles am rechten Platz sei. Als er Belle die nächsten Kapitel diktierte, fiel ihm auf, dass der Tonfall des Missionars den Rhythmus seiner Sätze prägte. Er fragte Sosimo zwei weitere Male und erhielt jedes Mal dieselbe Antwort. An den Abenden ging er zu der Stelle am Strand, wo ihm Mister Baker begegnet war. Er fragte sich, wo er wohl logierte und wie es ihm möglich war, den wachsamen Augen und Ohren des Aufsehers zu entgehen. Eine Woche später, als er schon glaubte, der Missionar sei zur nächsten Insel weitergereist, traf er ihn wieder an derselben Stelle wie beim ersten Mal.

»Diese tödliche Sonne«, sagte Mister Baker und hob die Hand vor die Augen. »Hell wie das Feuer der Hölle.«

Stevenson lachte und fragte ihn, wo er abgestiegen sei. Mister Baker wich einer Antwort aus.

»Ich hatte am anderen Ende von Apia zu tun. Eine solche Zählung ist keine leichte Sache.«

»Schreiben Sie einfach die Namen auf?«

»O nein. Namen sind das Geringste. Die

Taten sind es, die mich interessieren. Was der Teufel den Müßiggängern zu tun aufgibt. Ich suche nach solchen, die Gottes Wort nicht nur hören, sondern auch beherzigen. Und diese Insel brütet Trägheit aus.«

»Aber sind Sie zufrieden mit Ihrer Unterkunft?«

»Durchaus. Meinen Gastgeber bekomme ich nicht zu sehen, und er sieht mich auch nicht, daher vertragen wir uns vorzüglich. Er ist kein gebildeter Mensch, hat aber ein paar Ihrer Bücher im Haus.«

»Manchmal glaube ich, mein Verleger verschenkt sie, damit ich mir bedeutend vorkomme.«

»Ich habe sie nie gelesen und werde sie nicht lesen. Für Romangewäsch habe ich keine Zeit. Erfundene Geschichten, ich bitte Sie! Ich nenne sie erlogen, wenn Sie mir verzeihen wollen. Unsere kurze Frist auf Erden soll der Errettung dienen, der Erleuchtung, nicht der Zerstreuung und müßigen Phantasien. Es gibt nur ein Buch, Sir, dem ich meine Achtung zolle, und das erzählt keine Märchen.«

Stevenson fühlte sich angegriffen. »Meine

Geschichten sollen nur ein wenig für Kurzweil sorgen, ein wenig Glück verbreiten. Auch dazu sind wir verpflichtet, meinen Sie nicht?«

»Glück?« Der Missionar lachte auf. »Einen Anspruch auf Glück gibt es nicht. Glück ist eine Belohnung. Haben Sie gesehen, was die Eingeborenen nachts am Strand treiben, in diesem so genannten Paradies?« Seine Stimme wurde hart. »Sogar weiße Männer habe ich entdeckt. Europäer!« Er brach ab. »Nein, Sir. Ich glaube nicht an die Verpflichtung zum Glück.«

*

Er erwachte mit brennenden Schmerzen in den Fingergelenken, doch konnte er den Gedanken, der ihm in der Nacht gekommen war, nicht dem Diktat anvertrauen. Mit der Begründung, er habe noch einige Arbeiten zu erledigen, sagte er seiner Stieftochter ab und setzte sich an den Schreibtisch. Obwohl er fieberte und seine Hände ein wenig zitterten, tunkte er entschlossen die Feder ein und begann zu schreiben. Ihm war bewusst, dass die

Handlung des Romans von ihrem vorgesehenen Pfad abwich und eine unerwartete Wendung nahm. Düsterer und gewaltsamer bot sich das Geschehen dar und hatte Unaussprechliches, Schändliches im Gefolge. Er hielt einen Moment inne, teils aus Schmerz, teils wegen des Grauens, das die Geschichte in ihm erregte, aber dann gab er ihrem Sog nach und schrieb weiter. Mit zitternder Hand, in kaum lesbarer Schrift, bedeckte er zwanzig Seiten ohne eine einzige Korrektur und hörte erst auf, als er vor der Tür die Stimme seiner Frau vernahm. Sein Gesicht war schweißgebadet.

Er werde nicht zu Mittag essen, sagte er, er wolle sich lieber hinlegen und zusehen, dass die Schmerzen nachließen. Dann fügte er hinzu, er habe etwas geschrieben, was ganz anders geworden sei als geplant, und bat sie, einen Blick darauf zu werfen. Sie hatten sich zur Gewohnheit gemacht, dass sie alles las, was er schrieb, und von ihrer Zustimmung hing das weitere Schicksal seiner Manuskripte ab. Sein gerötetes Gesicht und sein schwerer Atem beunruhigten sie, aber er wies ihren Versuch ab, ihn ins Schlafzimmer zu führen. Sie wusste, dass er übertriebene Fürsorge hasste, und ließ ihn gewähren.

Der Schlaf stellte sich bald ein, aber er war alles andere als erholsam. Kein Lufthauch kam durch die Bambusläden, die schmalen Lichtstreifen schienen heiß und voller Staub zu sein und blendeten ihn durch die geschlossenen Lider, so dass er träumte, in einem großen Feuerofen zu stecken. Als ihn der ohrenbetäubende Lärm der Grillen weckte, hatte er sich in die nassen Laken verstrickt. Wie in der ersten Zeit spürte er wieder Heimweh nach Edinburgh. Er goss Wasser ins Waschbecken und musterte sein Gesicht im Spiegel. Es war rot, als hätte ihn die Sonne verbrannt.

Er ging die Treppe hinab. Fanny saß im Ledersessel, das Manuskript im Schoß.

»Und?«, fragte er.

Sie zögerte eine Weile mit der Antwort.

»Es ist schrecklich. Ohne jedes Maß. Ungehörig. Der Roman war düster, aber kraftvoll, er hatte das Zeug zum Meisterwerk. Das hier ist … schlimmer als Effekthascherei. Und völlig unpassend für einen Roman.«

»Unpassend für einen Roman?«

»Ich wünschte, du hättest nicht gewagt,

solche Dinge auch nur zu träumen. Das ist Gift für dich.«

Er spürte, dass ihm die Zornesröte ins Gesicht stieg. Wortlos riss er ihr die Blätter aus den Händen und eilte aufstampfend in sein Zimmer zurück. Nie hatte ihn etwas so hart getroffen, so sehr verletzt. Er starrte auf das Geschriebene, bis die Wörter ein Eigenleben begannen und wie Schlangen übers Papier krochen, in einer Handschrift, die er nicht wiedererkannte.

Er las ein paar Sätze wie benommen. Dann trat er an den Kamin, warf das Manuskript hinein und zündete ein Streichholz an. Knisternd fraßen sich die roten Flammen durchs Papier. Als nur noch verkohlte Reste übrig waren, ging er zu Fanny zurück. Sie hatte sich nicht aus dem Sessel fortbewegt. Er kniete nieder und legte den Kopf auf ihren Schoß.

»Du hattest Recht. Ich habe den Geist der Sache völlig verfehlt. Ich habe mich in etwas verrannt. Ich begreife nicht, wie mir das geschehen konnte. Vergibst du mir?«

Sie strich ihm begütigend durchs Haar. Über den Vorfall verloren sie nie wieder ein Wort.

*

»Meine Bücher haben eine Moral«, sagte Stevenson zu Mister Baker, als er ihn wiedertraf.

Eine Gruppe von Marineoffizieren weilte zu einem Höflichkeitsbesuch in seiner Villa, und er war ihnen entflohen, um vor dem Abendessen ein wenig Frieden zu finden. Sollten sich Fanny und die Stiefkinder doch um die Gäste kümmern. Mister Baker saß wieder unter den Mangroven, offenbar vertieft in die Beobachtung der Krebse, die im Sand ihre Kämpfe ausfochten.

»Ich glaube, Geschichten sind beinahe lehrreicher als Predigten. Geschichten bieten mehr Anlass zum Nachdenken, weil sie nicht gar so geradlinig zum Ziel führen.«

»Sie sagen es. Nicht geradlinig, sondern krumm und gewunden. Einem Kenner von John Knox muss ich nicht erklären, wohin dieser Weg führt. Es gibt nur eine einzige Botschaft zu verkünden, und diese Botschaft braucht keine Leser.«

Der Mond verkroch sich hinter den Wolken, Stevenson sah nichts mehr und hörte nur noch die tiefe Edinburgher Stimme. Als der Mond wieder hervorkam, floh der letzte der silbrigen Krebse ins heranflutende Meer.

»Kennen Sie die Salamander-Insel vor der Küste von Neuguinea?«, fuhr Baker fort. »Vor drei oder vier Jahren habe ich sie besucht. Die Eingeborenen dort sind Wilde, wie sie im Buche stehen, und wunderlicherweise sprechen sie eine Sprache, die niemand auf der ganzen Welt versteht. Ein paar Jahre vor mir ließ sich dort ein Missionar nieder, um diesen animalischen Kreaturen Gottes Wort zu verkünden. Er brauchte viele Monate, um ihr Gegrunze und Gequieke zu erlernen, und als er es endlich beherrschte, machte er sich daran, Paulus' Epheserbrief zu übersetzen, worin der Apostel bekanntlich die Heiden ermahnt, dem Herrn zu gehorchen, nicht mit Liebedienerei, den Menschen zu Gefallen, sondern als Sklaven Christi. Aber das Fleisch ist schwach, und wer nie die Dornenkrone trug, ist, wie Sie wissen, gegen die Anfechtungen dieser Welt nicht gefeit. So starben denn die Wilden in Scharen an einer harmlosen Krankheit, an den Windpocken, die sich der

Gottesmann vor der Reise zugezogen hatte, und als ich auf der Insel eintraf, fand sich kaum noch eine Hand voll ausgemergelter Männer und Weiber zu meiner Begrüßung ein. Wenig später schleppte sich der letzte Wilde in seine Hütte, um seinen toten Stammesgenossen in das Reich zu folgen, das sie in ihrer Verblendung als ›Meer hinter dem Meer‹ bezeichneten. Mein tapferer Missionar hatte sein Werk vollbracht, doch die primitive Sprache, in die er den Apostelbrief übertragen hatte, beherrschte niemand mehr außer ihm selbst. Aber ist das von Belang? Keineswegs. Beweist dies doch nur eines: Das Wort überdauert das Fleisch.«

»Aber brauchen wir nicht die Geschichten? Geben sie uns keine Exempel?«

»Exempel wofür? Ihr Vater war Ingenieur, glaube ich. Was sollte er aus den Heldentaten eines Ivanhoe lernen, aus den Torheiten eines Don Quichotte? Er musste sich auf Tatsachen und Zahlen stützen, genauso wie ich. Um Leuchttürme zu bauen, auf dass wir die Klippen der Falschheit und Niedertracht sicher umschiffen.«

»Die Eingeborenen lieben Geschichten.

Sie enthalten ihre Historie. Manchmal lauschen sie meinen Erzählungen. Sie nennen mich ›Tusitala‹, Geschichtenerzähler.«

Und er fügte hinzu:

»In diesem Teil der Welt werden die Geschichten, die man erzählt, zu einem Teil der Wirklichkeit. Verstehen Sie, was ich meine? Einmal habe ich ein Märchen über eine Zauberflasche geschrieben und es den Dorfbewohnern vorgelesen. Darauf wollten sie die Flasche sehen. Noch immer werde ich nach ihr gefragt. Sie glauben, dass ich die Flasche besitze. Sie glauben, dass es sie gibt, weil sie in einem Märchen vorkam. Alles andere wäre in ihren Augen eine Lüge.«

»Aberglaube, mehr ist das nicht. Sie täten besser daran, ihnen aus der Heiligen Schrift vorzulesen. Das ist die einzige Wahrheit. Wenn Sie mich nun bitte entschuldigen wollen.«

Damit erhob er sich. Stevenson sah ihn zwischen den Mangroven verschwinden, die in der steigenden Flut aussahen wie Tiere an der Tränke.

*

Er hörte Stimmengewirr vor dem Haus, Sosimo rief seinen Namen. Er wolle nach dem Rechten sehen, sagte Stevenson zu Fanny, zog den Hausmantel über und ging hinunter. Eine Gruppe von Dorfbewohnern stand laut streitend im Korridor. Sosimo versuchte, sie zu beschwichtigen. Durch die offene Haustür sah Stevenson mehrere Frauen in weißen Trauergewändern, die leise klagten und weinten.

»Master, diese Männer wollen Sie sprechen«, sagte Sosimo. »Etwas Schlimmes ist passiert. Vaera, Tooteis Tochter.« Er zeigte auf einen großen Mann mit dickem Bauch. »Sie wurde gestern Nacht getötet.«

Stevenson erkannte in dem dicken Mann einen der Trommler wieder. Ohne die Blumenkränze und in dem großen weißen Hemd, das bis oben zugeknöpft war, sah er ganz anders aus.

»Was? Wo? Ist der Richter benachrichtigt?«

»Jawohl. Im Dorf werden Fragen gestellt. Aber Tootei will mit Ihnen reden.«

»Kommen Sie«, sagte Tootei. »Kommen Sie mit.«

»Wohin?«

»Er glaubt, dass Sie helfen können, Master. Er glaubt, Sie müssen nur die Stelle sehen, wo es geschehen ist.«

Stevenson überlegte kurz.

»Ich komme. Warten Sie einen Moment.«

Er ging hinauf und erzählte Fanny, was passiert war. Er kleidete sich an, trank hastig eine Tasse schwarzen Kaffee und schloss sich den Männern an.

*

Der Weg führte durch einen Papaya-Hain, durch die Felder und den Berghang hinauf. Es war eine anstrengende Kletterpartie, wegen der Stechfliegen und der Hitze, aber er genoss die Beanspruchung seiner Muskeln. Der Schweiß lief ihm über die Stirn, mit dem Taschentuch rieb er sein Haar trocken. Jemand hatte ihm voller Bewunderung versichert, er sei viel ausdauernder als mancher Mann bei bester Gesundheit, und er wusste, dass es der Wahrheit entsprach.

In den langen Nächten seiner Kindheit, als er nach Atem ringend und vom Husten geschüttelt im Bett saß und, festgehalten von der

Pflegerin, darauf wartete, dass die böse Nachthexe ihren grässlichen Spuk beendete, hatte er sich etwas geschworen: Würde er je wieder zu Kräften kommen, wollte er jedes nur erdenkliche Abenteuer bis zur Neige auskosten, Länder und Meere bereisen und wie ein neuer Odysseus den seltsamsten Wesen begegnen. Aber vor allem wollte er reisen um des Reisens willen. Sein Krankenbett verwandelte sich des Nachts in ein Schiff, die Pflegerin half ihm hinein, und wenn die Lichter ausgingen, löste er die Leinen und trieb frei atmend hinaus in die blaue Finsternis.

Jetzt, oberhalb der Baumgrenze, sah er tief unten die brodelnde See und den schmalen Streifen grauen Strands. Und weiter ging der Aufstieg, die Luft wurde dünner und kühler. Endlich gelangten sie zu den Überresten einer Hütte, dicht neben den kahlen Felsen mit den verblichenen Steinzeichnungen.

Die Leiche des Mädchens war entfernt worden, aber das zertretene Gras und die Blutspuren am Boden sprachen eine deutliche Sprache.

»Siehst du etwas, Tusitala?«, fragte Tootei. »Kannst du etwas erzählen?«

Stevenson blickte in das erwartungsvolle Gesicht und schüttelte den Kopf.

»Ich kann nichts erzählen, Tootei. Ich weiß nicht, was geschehen ist. Aber sei beruhigt. Der Richter wird dir sicher helfen.«

Tootei hockte sich auf den Boden. »Er wird nicht helfen. Der Richter kennt keine Geschichten.«

Sie blieben lange auf dem Berggipfel und warteten, dass Stevenson mit seiner Geschichte begann. Schließlich erhob sich Sosimo und machte sich auf den Rückweg. Die anderen folgten ihm nach.

*

Den ganzen Nachmittag und auch am nächsten Tag meinte Stevenson, seine Lunge würde platzen. Erst setzte er sich auf die Veranda und hoffte, dass ihm die Ruhe Erleichterung bringen würde, dann bat er Fanny, den amerikanischen Inhalator fertig zu machen. Sie schüttete das Pulver ins kochende Wasser, befestigte die Atemvorrichtung und machte den üblichen Scherz über Harun al Raschid und seine magische Wasserpfeife. Aber diesmal schien das Pulver den Husten nur zu verschlimmern, und bald zeigten sich wieder rote Flecken im Taschentuch. Fanny griff ihm unter die Arme und brachte ihn zu Bett. Einmal mehr stellte er fest, wie kräftig sie war und dass sich das Alter allmählich und durchaus nicht zu ihrem Nachteil in die Linien ihres Gesichts einzeichnete. Doch plötzlich nahm Fanny die Gestalt des Mädchens an, das er beim Fest gesehen hatte, und verwandelte sich in Tooteis tote Tochter. Er schloss die Augen, um die Vision zu vertreiben.

In die Kissen gelehnt, das zerknüllte Taschentuch in der Hand und den Spucknapf in Reichweite, versank er in fiebrige Träume. Sonnendurchglühte Berghänge, weibliche Formen, schwankende Flaschenbäume vermengten sich mit roten Blutstropfen zu einer wahnhaften Topographie.

Als er erwachte, war es Nacht geworden. Fanny saß an seinem Bett und las beim Licht der Stehlampe, die sie auf Hawaii gekauft hatten. Er musterte ihr angespanntes Gesicht, den ernsten Mund, der ihm so vertraut war, die rauhen, abgearbeiteten Hände, doch nun verstörten ihn all die altgewohnten Dinge: Der Stuhl, auf dem sie saß, kam aus dem Haus seiner Eltern in Edinburgh, der Stich mit dem Porträt Raeburns war ein Geschenk von Andrew Lang, die Betttücher hatte eine Freundin seiner Mutter bestickt, der Schrank stammte angeblich aus dem Haus eines bekannten Edinburgher Verbrechers, über den seine Pflegerin so manches Schauermärchen erzählt hatte. Und das Buch, das seine Frau las, *Les Diaboliques* von Barbey d'Aurévilly, hatte ihm der Redakteur von *Scribner's Magazine* vor zwei langen Jahren zugeschickt.

Der Tod des Mädchens auf dem Berg war eine furchtbare Sache, man durfte gar nicht daran denken. Schuldbewusst fragte er sich, wo die frohgemute Entdeckerlust geblieben war, die ihn in jungen Jahren erfüllt hatte. Wann würde er wieder eigene Abenteuer erleben, unter wirklichen Entbehrungen und Strapazen, statt nur noch die Phantasie zu bemühen, wenn er sich seine Geschichten erzählte und manchmal auch zu Papier brachte? Waren ihm von seiner Jugend nichts als Erinnerungsfetzen geblieben? Er dachte an den fernen Nachmittag in den Cevennen, als ihm bei Notre-Dame des Neiges zwei dämonische Fremde begegnet waren, oder an Pater Damians Leprastation bei Honolulu, wo er viele Stunden lang mit einer wahnsinnigen Frau gesprochen hatte, oder an die Nacht im Hafen von San Francisco, als ihn ein Chinese (seinen Namen hatte er vergessen) in ein Haus mitnahm und ihm aus den Teeblättern einer Trinkschale die Zukunft weissagte. Das Wort »Nostalgie« (so hatte er irgendwo gelesen) war im 17. Jahrhundert von einem elsässischen Medizinstudenten geprägt worden, als Bezeichnung für die Krankheit, an der die Schweizer Landsknechte so oft litten, wenn sie fern von den heimatlichen Bergen waren. Für ihn traf das Gegenteil zu: Nostalgie befiel ihn beim Gedanken an die Weltgegenden, die er noch nicht bereist hatte.

Er war plötzlich alt geworden – vielleicht war das der Grund. Er zählte nun vierundvierzig Jahre, und in diesem Alter ging man nicht mehr auf Entdeckungsfahrt.

Jemand hatte ihm einmal gesagt, ein Verfasser abenteuerlicher Bücher müsse kein abenteuerliches Leben führen. Man schreibe keine besseren Romane, wenn man lerne, Bäume zu fällen und Hasen zu häuten. Vielleicht also gelang es ihm jetzt, da sein Leben zur Routine geworden war, da seinem abgestumpften Blick tagein, tagaus dieselben Dinge begegneten, da die Leidenschaft aus seinen Nächten mit Fanny gewichen war und sie ihm aus Sorge um seine Gesundheit oder schlicht aus Müdigkeit nur noch einen Gutenachtkuss auf die Wange hauchte, um gleich darauf einzuschlafen – vielleicht also gelang es ihm jetzt, etwas Wertvolles zu Papier zu bringen, eine blutvolle Geschichte von urtümlicher Kraft. Mit Ausnahme der dunklen Abirrung, die Fanny so sehr verschreckt hatte, machte sein Buch recht gute Fortschritte, und er schämte sich seiner Undankbarkeit gegen das Schicksal, das ihm diese Gnade gewährte.

*

Diesmal dauerte die Krankheit mehrere Wochen. Immer wenn er glaubte aufstehen zu können, setzten die Hustenanfälle von neuem ein; der blutige Auswurf besudelte das Taschentuch und hinterließ schreckliche Spuren im Spucknapf. Der Hausarzt mit dem unmöglichen Namen Dr. Funk kam mehrmals am Tag, aber er sagte zu Fanny, man könne nichts tun als abwarten und beten, dass sich die Besserung von selbst einstellen wird.

Etwa einen Monat später, als sich Stevenson kräftig genug fühlte, im Sessel zu sitzen und ein paar Stunden im Arbeitszimmer zu verbringen, wenn auch nicht mit Schreiben, nur mit der kritischen Durchsicht des liegen gebliebenen Romans, klopfte Sosimo an und meldete erneut den Besuch von Tootei.

Stevenson erhob sich langsam und ging zur Tür. Er wollte ihn begrüßen, doch Tootei ignorierte die ausgestreckte Hand.

»Habe ich dich etwa beleidigt?«, fragte Stevenson verdutzt.

»Meine Tochter. Hast du sie vergessen?«

»Ich habe sie nie gesehen, Tootei. Aber ich erinnere mich, was ihr Schreckliches widerfahren ist. Ich habe auch gehört, dass der Mörder nicht gefunden wurde.«

»Du hast sie gesehen, Tusitala. Beim Fest. Sie hat getanzt, und du hast zugeschaut.«

Stevenson sagte kein Wort.

»Vaera wurde … verletzt, bevor sie starb«,

sagte Tootei stockend, als hätte er nach einem passenden Wort gesucht.

»Ja, ich weiß, Tootei. Das hat mich sehr, sehr traurig gemacht. Und ich bin es immer noch.«

»Sie war vierzehn Jahre alt. Sie sollte verheiratet werden. Die Seele ihrer Mutter ist krank vor Kummer.«

Tootei sagte ein paar Worte auf Samoanisch, die Stevenson nicht verstand, und streckte ihm etwas entgegen. »Ist das deins?«

Stevenson erblickte einen breitkrempigen Hut, den Tootei in seiner braunen Hand zusammenknüllte. Fragend starrte er erst den Hut, dann Tootei an.

»Gestern hat mein Sohn diesen Hut gefunden. Im Gebüsch. Dort wo Vaeras Leiche lag. Mein Sohn sagt, der sieht aus wie dein Hut.«

»Ja. Der sieht aus wie mein Hut. Aber meiner ist hier im Haus.«

Stevenson warf einen Blick auf den Hut, dann auf die Garderobenhaken neben der Tür. Sein Hut hing nicht dort.

»Tootei, ich verstehe deinen Kummer, auch ich bin sehr betrübt. Aber dein Sohn wird doch nicht glauben, dass ich etwas mit der Sache zu tun habe? Vielleicht habe ich ihn verloren, als ich mit euch hinaufstieg.«

»Da hast du keinen Hut getragen. Das weiß ich. Ich dachte, du bist nun wie wir und hast keine Angst mehr vor der Sonne.«

»Tootei, bitte beruhige dich. Der Hut muss einem anderen gehören. Oder jemand hat meinen Hut genommen und auf dem Berg verloren. Hör mir zu. Wenn du willst, spreche ich noch einmal mit dem Richter. Wir zeigen ihm den Hut und sagen ihm, wo er gefunden wurde. Er wird wissen, was zu tun ist.«

Tootei warf den beschmutzten Hut zu Boden. »Der Richter ist ein Weißer«, sagte er.

»Nur von der Vaterseite. Seine Mutter war die Tochter von Mataapaeia.«

»Er ist ein Weißer, das sage ich dir. Er spricht wie ein Weißer. Und du, Tusitala, bist auch ein Weißer. Das hat alles keinen Zweck.« Er drehte sich um und ging.

Stevenson blieb wie betäubt im leeren Korridor zurück.

*

Mehrmals nahm er sich vor, Fanny von dem Vorfall zu erzählen. Aber seit seinem letzten Rückfall wirkte sie mürrisch und abwesend, einige Male schon war sie in eine tiefe Melancholie versunken, und wenn das geschah, ließ sie ihn nicht mehr an sich heran. Ihn befiel eine kaum erträgliche Traurigkeit. Das Haus, das ihm einst so viel Freude bereitet hatte – sogar an einen Erweiterungsbau hatte er gedacht –, erschien ihm jetzt düster und abweisend wie ein Mausoleum. Was soeben noch neu gewesen war, zeigte schon Spuren des Verfalls; in diesem tropischen Klima alterten die Dinge schnell. Termiten hatten die Möbel auf der Veranda ausgehöhlt – eines Abends waren sie in Schwärmen eingefallen, hatten die Flügel abgeworfen, sich in die Tische und Stühle gebohrt und unzählige silbrige Schuppen auf dem Fußboden hinterlassen. Ein grauer, pelziger Belag überzog die Vorhänge, die erst vor zwei Jahren aus Frankreich gekommen waren. Spinnweben machten sich in den Fensterrahmen breit, obwohl sie täglich von den Dienern entfernt wurden. Seine Bücher, die er so sorgfältig verpackt und beschriftet hierher verschifft hatte, waren nun von grünem Schimmel befallen und beherbergten winzige Käfer, die ihre Eier tief im Inneren der Falze ablegten. Selbst die Möbelpolitur, auf der Fanny bestanden hatte, um seinen Schreibtisch und seinen Sessel vor Schädlingen zu schützen, schien in der feuchten Hitze zu schmelzen und klebte an den Händen, wenn er sich zur Arbeit niedersetzte.

Er fand nicht mehr in sein Buch hinein. Ihm war, als hätte er seine Helden mitten im Satz im Stich gelassen, mitten auf der Seite verloren, als würden sie irgendwo im Dunklen auf Rettung harren. Aber er kam sich nutzlos vor, bar jeder Inspiration. Vielleicht kehrte die Sprache zurück, wenn er sich nur wieder regen konnte? Er befingerte den elfenbeinernen Brieföffner, strich über den Rand des silbernen Tintenfasses, rückte die Schildkröte aus chinesischem Speckstein zurecht, die Medaille mit dem Bildnis von Bonnie Prince Charles. Welchen Beistand konnte er schon herbeiflehen, da er einmal gesagt hatte, Gott sei nichts anderes als eine literarische Erfindung? Er dachte an seinen streng presbyterianischen Vater, den dieses Bekenntnis schwer getroffen hatte. Den Brief des Vaters an seinen gestrauchelten Sohn bewahrte Stevenson noch immer auf, obwohl das Zerwürfnis längst bereinigt war:

> Ich habe mich für dich abgerackert und aufgeopfert – um dich nun als Widersacher Christi wiederzufinden ... Zehnmal lieber sollst du tot und begraben sein, als dass du den Glauben anderer junger Männer zerrüttest und Schande über ihr Haus und das meine bringst.

Es hatte viele Monate gedauert, bis Vater und Sohn wieder miteinander sprachen, und obwohl ihre aufrichtige Liebe füreinander nie wirklich gelitten hatte, war doch zwischen ihnen etwas anders geworden, nachdem diese Worte geschrieben und gelesen waren. Jahre später, um viele Erfahrungen reicher und weit von seinem Vaterhaus entfernt, hatte er gespürt, dass die Ehrfurcht vor dem Unerkennbaren, die Vorahnung eines Glaubens in ihn zurückgekehrt war. Aber selbst jetzt, nach so langer Zeit, fühlte er sich, obwohl er Gott nicht mehr leugnete, wie ein Ausgestoßener, der in kalter Winternacht auf der Schwelle eines wunderbaren Hauses stand und darauf wartete, hereingerufen zu werden.

Es klopfte, ein Diener trat schüchtern ein und meldete den Besuch des Richters.

Der Richter war ein kräftiger hochgewachsener Mann, der immer ein wenig den Kopf einzog, als würde er sich seiner Größe schämen. Er lächelte viel, was manche Leute angenehm fanden, andere aber schrecklich nervös machte, und er verstand es, diese Gabe zu seinem Vorteil einzusetzen. Mit dem berühmtesten Samoaner verband ihn eine herzliche Sympathie; die zwei Männer hatten manche Nacht mit Geschichten und Geplauder verbracht. Er setzte sich in den Sessel gegenüber und fächelte sich mit einem kleinen Papierfächer Kühlung zu.

»Mit Verlaub gesagt, Sie sehen furchtbar aus. Die feuchte Luft vor der Regenzeit. Sie wissen schon. Eine Katastrophe für die Lungen.«

»Aber gut für die Pflanzen. Sosimo sagt, wir werden eine prächtige Ernte bekommen.«

»Das mag stimmen. Sind Sie zu einem Gespräch aufgelegt?«

»Beruflich oder privat?«

»Ein bisschen von beidem.«

»Nur zu. Ich vermute, es geht um Tooteis Tochter.«

»Die Familie ist darüber zerbrochen. So ein zartes, junges Ding. Sie sollte verheiratet werden. Hat Tootei Ihnen von dem Hut erzählt?«

»Meinen Sie, der Mörder hat ihn am Ort der Tat verloren?«

»Ich glaube, so ist es. An der Krempe fand sich eine Blutspur, als hätte er ihn nach der Tat in der Hand gehalten.«

Er demonstrierte die Fingerstellung am Fächer.

»Aber warum?«

»Warum er den Hut abgenommen hat? Vielleicht um sich den Schweiß von der Stirn zu wischen.«

»Ja, natürlich. Nun, ich glaube nicht, dass es mein Hut war. Doch sicher bin ich mir nicht.«

»Haben Sie denn Ihren Hut nicht mehr?«

»Nein, ich kann ihn nicht finden. Ich muss ihn verloren haben, aber ich weiß nicht, wann.«

»Und Sie sind in letzter Zeit nicht auf dem Berg gewesen?«

»In letzter Zeit? Nein.«

Der Richter lächelte breit und zog den Kopf ein wie eine Schildkröte.

»Ich würde dort auch nicht hinaufsteigen. Die Kletterei wäre mir zu beschwerlich.«

Sein Fächer bewegte sich hastiger.

»Haben Sie irgendwelche Fremden in der Umgebung von Vailima gesehen?«

»Fremde? Nein«, erwiderte Stevenson ein wenig zu schnell.

»Es kursieren da Gerüchte. Ein gewisser Missionar aus Ihrem Teil der Welt. Mit den Neuankömmlingen ist es eine seltsame Sache. Die Leute hängen ihnen Geschichten an. Wenn Sie verstehen, was ich meine. Kaum taucht hier ein Fremder auf, schon wirft man ihm jedes Verbrechen unter der Sonne vor, und nichts davon ist wahr. Hin und wieder verhafte ich einen, *pour encourager les autres.*«

»Ach, Sie sprechen von Mister Baker. Ja, ich habe ihn zufällig am Strand getroffen. Ein harmloser Gentleman, meiner Meinung nach. Redete von Tod und Teufel, aber ich glaube nicht, dass er auch nur der kleinsten Gewalttat fähig wäre. Zu sehr in seine Rechtschaffenheit verliebt, wenn Sie verstehen, was ich meine.«

»Gewiss, gewiss. Nun, allen Neuankömmlingen, besonders denen vom Missionsgewerbe, eilen üble Gerüchte voraus. Manchmal sind es die Eingeborenen, häufig aber die Missionare selbst, die der Konkurrenz alle erdenklichen Missetaten anhängen. Soweit ich gehört habe, wirft man Ihrem Mister Baker Diebstahl, Vergewaltigung, Mord, Vergiftung, Abtreibung, Unterschlagung vor. So ziemlich alles außer Fälschung und Brandstiftung.«

»Kurios, nicht wahr? Wie schnell man in der Südsee mit derartigen Anschuldigungen zur Hand ist! Ohne Zweifel bietet auch mein Charakter Anlass zu Vermutungen.«

»Nur im besten Sinne, Mister Stevenson. Nur im besten Sinne. Aber nun will ich Sie nicht länger behelligen.«

Als der Richter gegangen war, blieb Stevenson gedankenversunken sitzen. Ein paar Minuten später griff er zur Feder, tauchte sie ein und schrieb:

Wir tun Böses – Gott, hilf uns, das Böse zu
erkennen und wiedergutzumachen.
Wir tun Gutes – Gott, hilf uns, bessere
Menschen zu werden.

Blick mit Nachsicht herab auf uns, Deine
Diener,
Du, der Du Sonne und Regen schickst,
blick herab auf uns,
Mach die verdorrten Gebeine wieder
lebendig,
Erwecke in uns den Geist des Dienens, den
Geist des Friedens,
Erneure in uns das Gefühl der Freude.

Er wischte die Feder ab und lehnte sich zurück. Das hatte er nicht schreiben wollen, aber der Drang zum Gebet war stärker in ihm geworden als der Wunsch, den Roman fortzusetzen. Er dachte kurz an Mister Baker, den er (wie ihm jetzt einfiel) lange nicht gesehen hatte und von dem er so wenig wusste. Mister Baker, so dachte er, hätte ihm Beifall gezollt.

*

Der Regenmonat Dezember stand vor der Tür, und Stevenson war mit Sosimo auf dem Eselskarren nach Apia gefahren, um Vorräte

einzukaufen. Sie hatten gerade ihre Bestellung aufgegeben, als er in einem Mann, der dem Wirtshaus am Markt zustrebte, den Missionar zu erkennen glaubte.

»Kennst du diesen Mann?«, fragte er Sosimo und wies zum Wirtshaus hinüber.

Der Aufseher schüttelte den Kopf, aber statt seiner antwortete der chinesische Händler und spuckte auf den Dielenboden.

»Ich kenne den Mann. Vor einer Woche erst kam er herein und fing an zu brüllen und zu schreien, von Hölle und Verdammnis. Dann griff er sich eine von meinen Äxten und zerschlug die Schnapsfässer. Ich rief die Marktaufsicht, aber zu spät. Er hat sechs Fässer zerschlagen, und keiner zahlt mir dafür.«

»Was hat die Marktaufsicht unternommen?«

»Als sie kam, war er schon weg. Aber was soll's? Wurde auf Samoa je ein Missionar verhaftet?«

»Warum geht er denn ins Wirtshaus?«

»Nicht zum Zechen, das ist gewiss. Er predigt dort. Er versucht den Leuten das Trinken zu vergällen.«

»Kann er sie bekehren?«

»Nein. Sie laufen weg, wenn sie ihn sehen. Der Wirt ärgert sich gewaltig über ihn.«

Stevenson überließ Sosimo das Verladen der Vorräte, überquerte die Straße und betrat das Wirtshaus. Seine Augen brauchten lange, bis sie sich an das Dunkel gewöhnten. Mister Baker saß in einer entlegenen Ecke, hielt eine Frau am Arm fest und redete auf sie ein. Als er Stevenson bemerkte, ließ er von der Frau ab, worauf sie durch die Hintertür entwich.

»Ich sehe, Sie sind vom Volkszähler zum Sonntagsprediger avanciert«, sagte Stevenson.

»Es riecht hier so sehr nach Verderbnis, dass ich kaum zu atmen wage. Ich zeige ihnen, was sie erwartet, und die Aussicht aufs ewige Höllenfeuer behagt ihnen gar nicht.«

»Ich glaube, Sie sollten Ihre Zählung beenden und abreisen. Wenn dem Präsidenten Beschwerden zu Ohren kommen, könnten sich die Dinge gegen Sie wenden.«

»Den Präsidenten dieses unbedeutenden Marktfleckens fürchte ich nicht im geringsten. Spürt ihr nicht das nahende Feuer der Hölle? Das ist es, was ich den Leuten verkünde. Spürt ihr nicht die Hitze? Schmeckt ihr nicht die Asche auf der Zunge? Aber sie sind zu tief in die Sünde verstrickt, um meine Warnungen zu hören. Das habe ich auch Ihrem Richter erklärt. Er hat mich aufgesucht.«

»Hat er Sie zu den ... Vorfällen auf dem Berg befragt?«

»Ich sagte zu ihm, solche Dinge sollten ihn nicht überraschen. Alles ist verdorben und von Übel. Um das Mädchen war es nicht schade. Fanden Sie es schön?« Mister Baker lallte ein wenig. In seinen Mundwinkeln klebte weißlicher Schaum.

»Ich habe sie nicht gekannt.«

»Oh, ich dachte ... Nun, wie auch immer. Ist nicht schade drum.«

Stevenson zuckte zusammen, als hätte ihn Mister Bakers Speichel ins Gesicht getroffen.

»So dürfen Sie nicht reden.«

»Der Tag der Abrechnung naht. Dann wird sich zeigen, wie es um Soll und Haben bestellt ist. Hat Ihr Vater nicht einst dieselben Worte gesagt?«

Der Tabakrauch, der sich, wie er jetzt erst bemerkte, mit dem süßlichen Duft welken Jasmins mischte, machte ihn ein wenig schwindlig. Es fiel ihm schwer, sich auf Mister Baker zu konzentrieren, der auf seinem Stuhl hin und her schwankte und dessen Glas gefährlich nah an der Tischkante stand. Eine Weile war Stevenson versucht, den Missionar sich selbst zu überlassen. Mochte doch sein Glas auf dem harten Fußboden zerschellen! Dann machte er ihm ein Angebot, das fast wie ein Befehl klang.

»Ich bringe Sie jetzt zu Ihrer Unterkunft.«

»Sie haben Recht. Ich gehe. All das ist wahrlich zwecklos.«

Sie überquerten den Markt und tauchten in das Gewirr der nach Fisch und Kohl stinkenden Gassen ein. Am Ende einer Straße gelangten sie zu einem Holztor und über einen Pfad aus Trittsteinen zu einer Tür, bei deren Knarren eine Meute unsichtbarer Hunde zu bellen anfing. Sie stiegen eine wacklige Treppe hinauf und betraten ein großes, unmöbliertes Zimmer, das nur durch einen Perlenvorhang verschlossen war. Eine großgewachsene Frau saß auf dem Boden und war damit beschäftigt, eine Schar Kinder unterschiedlichen Alters zu füttern. Beim Eintritt der beiden Männer drehte sie sich um, und Stevenson sah den Ausdruck blanken Entsetzens auf ihrem flachen Gesicht. Mister Baker würdigte sie keines Blickes, sondern steuerte geradewegs auf die gegenüberliegende Tür zu. Auch im nächsten Zimmer gab es keine Möbel außer einem primitiven Wandbord mit ein paar abgewetzten Büchern, einem kleinen Tisch und zwei Bambusstühlen, die in die Ecke geschoben waren, an den Rand des Lichtkegels, den die von der Decke hängende Petroleumlampe verbreitete.

»Bring uns zu trinken!«, rief Mister Baker hinaus, setzte sich und winkte seinen Gast auf den anderen Stuhl. Stevenson hörte Füßescharren, Geklapper von Töpfen und Pfannen, schließlich kam eine kleine schwarze Hand aus dem Dunkel hinter ihnen und stellte eine Karaffe mit zwei Gläsern auf den Tisch.

Mister Baker schenkte ein und schob Stevenson eins der beiden Gläser hin. »Trinken Sie. Wenn Sie diese Hölle überstehen wollen, müssen Sie nicht nur den Körper, sondern auch den Geist bei Kräften halten.«

»Ich meinte, Sie wären Abstinenzler«, sagte Stevenson.

»Nicht ich, die anderen müssen den Trunk fürchten«, erwiderte er mit schwerer Zunge. »Ich folge meinem vorgezeichneten Weg, die anderen führt jeder Tropfen tiefer in die Irre. Mögen sie in ihrer eigenen Verderbnis schmoren. Am liebsten würde ich sie mit ihrem über alles geschätzten Alkohol überschütten und anzünden. Ich verabscheue diese verlorene Menschheit.«

»Und ich? Bin ich auch dem Alkohol verfallen?«

Mister Baker lachte. »Das müssen Sie selbst beurteilen.«

»Einen guten Tropfen und ein gelungenes Mahl würde ich mir nicht versagen. Auch meinen Mitmenschen nicht. Die Liebe zum Leben ist eine starke Leidenschaft, und ihrem Sog bin ich immer gefolgt, selbst wenn es nur um Essen und Trinken ging.«

»Wirklich?«, entgegnete Mister Baker, »dass die Liebe eine starke Leidenschaft ist, möchte ich verneinen – im Unterschied zur Angst.

Mit der Angst müssen Sie spielen, wenn Sie Ihre Lebensfreude bis zur Neige auskosten wollen.«

»Die Angst ist auch mir nicht unbekannt, aber sie hilft mir, mein Leben umso mehr zu lieben.«

»Ein Leben, das Ihre Lungen ruiniert, das Sie sich aus dem Leibe husten? Ich habe Ihr blutiges Taschentuch gesehen.«

»Das Blut in meinen Taschentüchern hat nichts damit zu tun, es färbt nicht meinen Blick auf die Welt. Es tut mir nichts, es hat mich nicht zu einem anderen Menschen gemacht.«

»Das sagen Sie. Sie würden diesen armseligen Kreaturen nicht nur den Schnaps wegnehmen, sondern auch Brot und Wasser, wenn das der Preis Ihrer Gesundheit wäre. Für Ihr persönliches Wohl würden Sie jedermanns Seele verkaufen.«

»Sie wissen, dass das nicht wahr ist.«

Mister Baker lächelte. »Zum Glück sind Sie nicht in der Lage, mir das Gegenteil zu beweisen.«

»Aber ich wünschte, ich könnte es. Um Ihretwillen.«

Sie schwiegen lange. Stevenson starrte auf Mister Bakers dünnes, unangenehmes Lächeln, das gerade noch vom Lichtkegel der

Petroleumlampe erfasst wurde. Er spürte den Drang, das Schweigen zu brechen.

»Sie haben durchaus Recht. Unsere Zivilisation ist ein hohles Truggebilde. Alle Lebensfreude wird daran zuschanden. Sie bewirkt nur, dass eine größere Zahl von Menschen ihr unglückseliges Dasein auf Erden fristen kann. Aber es gibt viele köstliche Momente des Glücks, die mir einen Vorgeschmack auf das Paradies bieten, und für diese Momente lebe ich. Dennoch würde ich niemandem ein Leid zufügen, um auch nur einen dieser Momente für mich zu gewinnen.«

Stevenson spürte die benebelnde Wirkung des Weins. Er starrte in die Dunkelheit, die ihn umgab, und glaubte, an der Wand hinter seinem Gastgeber nass oder ölig glänzende Gegenstände zu bemerken, die sich langsam bewegten. Ganz leise, kaum wahrnehmbar, hörte er Gelächter oder Gesang, auch ersticktes Schluchzen. Wie jemand, der nicht will, dass man ihn weinen hört, sagte er sich. Die obszön wirkenden Bewegungen an der Wand hörten auf und begannen erneut. Stevenson wandte den Blick ab.

Seine Beine fühlten sich bleischwer an, fast

taub, und als er sie unter den Tisch streckte, war ihm, als würden sie in ein Vakuum, in ein Loch in den Dielen gezogen, so dass er die Lehnen des Sessels umklammern musste, aus Angst, herabzurutschen und im Boden zu versinken. Er rang nach Luft, was ihm peinlich war, und blickte auf, um zu sehen, ob Mister Baker etwas bemerkt hatte. Aber der Missionar lächelte unverändert, und obwohl Stevenson seine Augen nicht erkennen konnte, schien er in ihnen nicht Spott, sondern Freude zu bemerken.

Stevenson kam es plötzlich vor, als wären schon viele Stunden vergangen, seit er mit Mister Baker in diesen Raum eingetreten war. Hatte sein Gastgeber soeben gesprochen? Er war sich nicht sicher. Neben der neu gefüllten Karaffe stand ein Teller mit kleinen gerösteten Fischen, die er vorher nicht gesehen hatte, und die vielen starren Äuglein kamen ihm vor wie die Augen eines einzigen Lebewesens, das ihn mit Gorgonenblick beobachtete. Wie spät war es? Von irgendwo kam das Ticken einer Uhr. Stevenson dachte an die Geschichte des alten Mönchs, den der Gesang eines Vogels von seiner Schreibarbeit ablenkte. Der

Mönch ging in den Garten, um dem Vogel zu lauschen, und als er nach ein paar Minuten zurückkehrte, stellte er fest, dass ein ganzes Jahrhundert vergangen war, die anderen Mönche waren tot, seine Tinte war zu Staub getrocknet. Der Gesang des Vogels hatte ihm einen Vorgeschmack aufs Paradies gegeben, wo ein Augenblick so lange währt wie hundert Jahre irdischer Zeit. Stevenson fragte sich, ob das auch auf die Hölle zutraf.

Aus dem Dunkeln kam eine kleine Hand, griff nach der Karaffe und füllte sein Glas bis zum Rand. Stevenson schaute zu, er wollte aufstehen, aber das Gewicht seiner Beine zog ihn nach unten. Mit letzter Anstrengung stieß er hervor, er müsse zurück, er werde von Sosimo erwartet. Dann wurde es Nacht um ihn.

Er lag auf dem Rücken, halb wach, halb träumend, die Zimmerdecke war ein großes Rund mit dem hellen Lampenauge in der Mitte. Er fühlte sich gepackt und durch dunkle Räume geschleppt, er hörte Keuchen, Flehen, Schluchzen und spürte Hände, die an seinen Kleidern und Gliedern zerrten, seine Brust umpackten, und ein bohrender Schmerz durchzuckte seinen ganzen Körper. Ein Gestank wie von Verwesung stieg ihm in die Nase, dann ein Schwall von Nachtluft, warm, aber frisch. Danach spürte er nichts mehr. Am nächsten Tag sagte Sosimo, er hätte ihn fest schlafend im Eselskarren gefunden.

*

Am Donnerstag begann die Regenzeit. Die schwarze Wand des Tropenregens machte den Tag zur Nacht und erstickte jedes andere Geräusch. Fanny hatte sich sehr aufgeregt, als er ihr am Morgen von seinem Erlebnis erzählte, aber der Regen schien ihre Stimmung zu bessern, und als es Abend wurde, lächelte sie wieder. Auch er erholte sich im Lauf des Tages, so dass er sich kräftig genug fühlte, eine Einladung des Präsidenten zum Dinner wahrzunehmen. Normalerweise mied er solche Anlässe, aber heute fühlte er sich prächtig, ohne zu wissen warum, und wollte (wie kindisch! sagte er sich) ein wenig seinen Ruhm genießen. Als er vorm Spiegel stand, um die Schleife zu binden, fiel sein Blick auf Fanny, die hinter ihm stand und ihr Korsett schnürte.

Er dachte zurück an ihre erste Begegnung. Es war am Abend eines schönen Sommertags gewesen, und etliche Gäste saßen im kleinen Hotel von Grez bei Fontainebleau zu Tisch. Von einer Wanderung durch den Wald zurückkommend und erfrischt von der würzigen Abendluft war er – sehr zur Belustigung seiner Freunde – einfach mit dem Rucksack auf dem Rücken durchs Fenster hereingesprungen, denn er sah, dass das Essen bereits serviert wurde. Es waren neue Gäste eingetroffen, darunter eine Amerikanerin aus San Francisco, die von ihrer siebzehnjährigen Tochter und ihrem achtjährigen Sohn begleitet wurde. Fanny, eine schöne Frau mit dunklem Haar und vollen Lippen, zwölf Jahre älter als er, war vor ihrem unausstehlichen Gatten nach Europa geflohen. Ihr jüngster Sohn war in Paris an der Grippe gestorben, und nun lebte sie mit ihren zwei verbliebenen Kindern in Frankreich, um eine neue Existenz aufzubauen. Stevenson gestand ihr später, nichts habe ihn je so in den Bann gezogen wie die Strahlkraft und Lebendigkeit ihres Gesichts.

»Du hast dich in mich verliebt, weil du mich für den Teufel gehalten hast«, sagte sie ihm kurz nach der Heirat. »Jeder weiß, dass Schönheit blond und hellhäutig ist. Meine Zigeunerfarbe sagt dir, dass du mit einem wilden Temperament zu tun hast.«

Ein wildes Temperament, das war sie in der Tat, aber jetzt wirkte sie besänftigt, als hätte sich ihr Feuer in Melancholie verwandelt und die Melancholie in eine Verschlossenheit, von der er hoffte, dass sie eine Form inneren Friedens war. Er küsste ihre Hand und führte sie hinab zur wartenden Kutsche.

Das Haus des Präsidenten in Apia gab sich als Regierungssitz, aber nicht wegen seiner Pracht oder seines überragenden Stils, sondern nur aufgrund seiner Größe. Von seinem Hügel aus überblickte es die Stadt, war aber nach demselben Muster erbaut wie die anderen Kolonialvillen in Apia – mit einer verzierten Veranda, einem weißen, pyramidenartigen Dach, das nach jeder Regenzeit repariert werden musste, und hohen Fenstern, deren Läden zwar die stärkste Sonnenhitze fern hielten, nicht aber die Insektenschwärme, die des Nachts einfielen, angelockt vom gelben Licht der Petroleumlampen. Die Stevensons wurden von einem livrierten Samoaner empfangen, der Fanny beim Absteigen half und dann mit nervösem Griff den Maulesel beim Zügel nahm.

Nachdem die Gattin des Präsidenten Fanny entführt hatte, um ihr die »ganz und gar entzückende Madame Verdein« vorzustellen (eine belgische Kaufmannsgattin, die »jede Zeile von Monsieur Stefansson verschlungen« hatte und zu schüchtern war, an den Autor selbst heranzutreten, was sie jedoch nicht hinderte, der Angetrauten ihres Idols zu huldigen), wandte sich der Präsident an Stevenson und bat ihn, keinerlei Bezug auf die »deutsche Angelegenheit« zu nehmen, da deutsche Geschäftsleute in offizieller Mission nach Apia gekommen seien. Stevensons Zeitungsproteste anlässlich der deutschen Beschießung eines samoanischen Dorfes hatten diplomatische »Irritationen« hervorgerufen, und nach den neuerlichen Stammesunruhen auf der Insel war der Präsident bemüht, die Wogen zu glätten. Er bot seinem Gast ein Glas Wein an.

Stevenson lehnte dankend ab. »Ich würde nur zu gern, aber der Arzt hat mir das Rauchen und alle geistigen Getränke verboten.«

Er lachte. »Dabei kann ich mir ein Leben ohne Tabak und die Glut des funkelnden Rotweins gar nicht vorstellen.«

»Ich wünschte wahrlich, es gäbe mehr Menschen, die solche vernünftigen Vorsätze fassen. In letzter Zeit haben wir ständig und überall auf der Insel Vorfälle zu beklagen, die zum großen Teil durch Alkohol verursacht sind. Es begann, glaube ich, mit jener tödlichen Vergewaltigung auf dem Berg, mit allerlei Gewalttaten und Zerstörungen. Die Stämme beschuldigen sich gegenseitig oder bezichtigen gar die Missionare. Funk meint, die Weinimporte könnten verseucht sein. Ich habe gehört, auf Tonga hat es vor ein paar Jahren eine ähnliche Welle der Gewalt gegeben.«

»Das kann ich bestätigen«, machte sich eine Stimme hinter ihnen bemerkbar. Der Richter, strahlend, riesig, mit eingezogenem Kopf, mischte sich ins Gespräch. »Auf einer der vorgelagerten Inseln glaubten ein paar Dorfbewohner, der Teufel habe von ihren Freunden und Verwandten Besitz ergriffen. Sie haben alle massakriert und einige auf dem Scheiterhaufen verbrannt. Darunter auch kleine Kinder. Eine entsetzliche Tragödie. Wo immer sie zuschlägt, diese Welle des Wahnsinns, nimmt sie eine andere Gestalt an. Ich bin nicht sicher, ob wir es hier auch damit zu tun haben, aber ein paar Missionare verhandeln insgeheim mit den Medizinmännern und planen gemeinsame Teufelsaustreibungen. Zwei Gottheiten können offenbar mehr bewirken als eine.« Der Richter lachte schallend.

»Ist das unser Einfluss, der die Leute zum Wahnsinn treibt?«, fragte Stevenson. »Die Felszeichnungen oben auf dem Berg kann man kaum noch erkennen, so verblichen sind sie. Die Samoaner sagen, sie sind so alt wie die Berge selbst, eingeschrieben von den Göttern, als sie die Welt erschufen. Aber wir Weißen halten die Eingeborenen davon ab, ihren Göttern zu huldigen, und daher haben die Götter die Inschrift gelöscht. Nach Ansicht der Götter ist das unsere Schuld, die Schuld der Eindringlinge.«

»Haben Sie die Felszeichnungen selbst gesehen?«, fragte der Richter.

»Das, was davon übrig ist«, erwiderte Stevenson.

»Etwa an dem Tag, als Sie Ihren Hut verloren?«

»Ihren Hut?«, fragte der Präsident.

Stevenson klärte ihn auf: »Der Richter glaubt, dass der Hut, der bei dem ermordeten Mädchen gefunden wurde, mir gehört.«

»Nein, nein! Ganz und gar nicht! Verstehen Sie mich nicht falsch!«, beschwor ihn der Richter.

Der Präsident lächelte nachsichtig. »Ich verliere hier jede Woche einen Hut. Man nimmt ihn ab, um sich die Stirn zu trocknen, legt ihn hin, und schon ist er fort.«

Stevenson sah, dass Fanny nahte, gezogen von einer beleibten Dame im spitzengesäumten Mumu.

»Robert, Madame Verdein möchte dich gern kennen lernen, aber sie ist zu schüchtern.«

Stevenson lächelte.

»Sie glaubt, sie hat dich heute Nachmittag auf dem Markt gesehen. Ich sagte ihr, das muss dein Doppelgänger gewesen sein.«

»Doppelgänger?«, fragte Madame Verdein.

»Ein Geist, Madame. Das körperlose Trugbild eines Lebenden. Man sagt, es kündet seinen nahenden Tod an«, erklärte Stevenson.

»Wie furchtbar.« Madame schauderte.

»Robert, das muss nicht so sein«, widersprach ihm Fanny. »Ich denke, es ist eher der Schatten eines Menschen, der ein Eigenleben führt.«

»Wir nennen sie *adaro*«, sagte der Richter. »Aber sie sehen nicht aus wie der Mensch, zu dem sie gehören. Sie sehen aus wie Vögel.«

»Ob Vogel, Schatten oder Doppelgänger, leider war ich heute nicht auf dem Markt, Madame Verdein.«

Plötzlich entstand Unruhe im großen Salon. Der Präsident entschuldigte sich. Der Richter folgte ihm. Die Gäste drängten hinaus auf die Veranda.

»Feuer!«, rief jemand.

Stevenson, Fanny und Madame Verdein versuchten, zwischen den Neugierigen hindurch zur Stadt hinunterzuschauen. Irgendwo dort unten brannte es, schwarzer Rauch stieg in den klaren Nachthimmel.

»Was ist passiert?«, fragte Stevenson.

»Man sagt, das Wirtshaus brennt«, erklärte ihm ein Gast.

Der Richter legte Stevenson die Hand auf die Schulter. »Ich muss weg.«

»Nehmen Sie mich mit«, sagte Stevenson.

»Robert, denk an den Rauch«, protestierte Fanny.

»Es wird schon gehen. Ich bleibe nicht lange.«

Sie stiegen in die Kutsche des Richters und rollten den ebenen Weg hinab. In der Nähe des Marktes wurde das Gedränge so dicht, dass sie aussteigen und zu Fuß weiterlaufen mussten. Stevenson rannte hinter dem Richter her und staunte über dessen Flinkheit und über die Ausdauer seiner eigenen Lungen. Die Hitze schlug ihm schon entgegen, bevor sie sich durch die Zuschauer gezwängt hatten. Weiter vorn sah der Richter einen seiner Leute und brüllte ihm etwas auf Samoanisch zu. Für Stevenson übersetzte er die Antwort:

»Die Türen sind zu, es sind Menschen eingeschlossen. Man holt Äxte herbei.«

Jetzt hörte Stevenson neben dem Lärm der Menge und dem Prasseln des Feuers die Schreie. Schrille, langgezogene Schreie wie von Tieren in Panik.

»Wie viele?«

»Das weiß keiner. Aber um diese Zeit ist das

Wirtshaus immer gut gefüllt. Dazu kommen die Frauen, natürlich.«

Der Richter zwängte sich durch, Stevenson folgte ihm. Der Rauch wurde immer dichter. Stevenson bekam kaum Luft, aber ein Zurück gab es nicht. Mehrere Männer schlugen mit Äxten auf die Wirtshaustüren ein. Aus den Gitterfenstern reckten sich wild gestikulierende Arme. Eimer voll Wasser, von einer Menschenkette durchgereicht, wurden in die Flammen geschüttet, blieben jedoch ohne Wirkung. Die Hitze war überwältigend.

Endlich gaben die Türen nach. Fauchend schossen die Flammen in die Höhe, als ihnen die Nachtluft frische Nahrung gab. Die Schreie verstummten, eine grausige Stille setzte ein. In nasse Tücher gehüllt, drangen fünf oder sechs Männer in das Wirtshaus ein. Gleich darauf schleppten sie eine menschliche Gestalt heraus, die schwarz wie Kohle war. Die Menge stieß lautes Geheul aus. Zwei, drei weitere Leichen wurden geborgen. Dann, mit einem entsetzlichen Knacken, stürzte das Dach ein und begrub einen Helfer unter sich. Der Richter brüllte Kommandos, die niemandem zu gelten schienen. Ein Kind weinte laut.

Eine Frau gestikulierte und schrie. In der Menge drehten sich die Köpfe, und plötzlich bemerkte Stevenson, dass die Blicke ihm galten. Die Frau schrie immer weiter. Andere stimmten ein. Die Menge bewegte sich drohend auf ihn zu. Schnell fasste ihn der Richter am Arm.

»Kommen Sie!«

»Was ist? Was wollen die Leute?«

»Kommen Sie weg hier. Die Frau sagt, sie hat Sie gesehen, mit einer Öllampe. Sie sagt, Sie sind der Brandstifter.«

»Ich? Das ist absurd!« Stevenson wollte protestieren, aber der Richter war kräftiger und zog ihn fort. Als sie um die Ecke bogen, flogen Steine an ihnen vorbei. Stevenson wurde an der linken Schulter getroffen.

»Die Masse braucht einen Sündenbock«, sagte der Richter, als sie auf Umwegen zur Kutsche zurückgekehrt waren.

»Aber können Sie nicht bezeugen, dass ich mit Ihnen im Haus des Präsidenten war?«

»Sie hören nicht auf mich. Sie haben ihre eigenen Geschichten. Und glauben daran.«

*

Eine Woche später fuhr Sosimo seinen Herrn wieder in die Stadt. Als sie diesmal vor dem gewohnten Geschäft hielten, waren Türen und Fensterläden geschlossen. Der chinesische Besitzer, der immer stolz gewesen war, den berühmtesten Samoaner bedienen zu dürfen, saß in seinem Bambusschaukelstuhl und sagte kein Wort.

»Wollen Sie nicht öffnen?«, fragte Stevenson, nachdem sein Gruß unerwidert geblieben war. »Wir brauchen einige Sachen.«

Anstelle einer Antwort erhob sich der Mann langsam aus dem Stuhl und watschelte davon, hinter das Haus.

Stevenson rannte ihm nach, aber der Alte schüttelte ihn ab und verschwand in einer Seitentür. Stevenson blieb unschlüssig stehen, dann wandte er sich an Sosimo, der alles vom Karren aus verfolgt hatte.

»Sosimo, weißt du, was das zu bedeuten hat?«

Sosimo zuckte die Schultern. Ein Kindergesicht zeigte sich hinter einer schmutzigen Scheibe und wurde von einer großen

Hand fortgezogen. Wenig später kam ein kleiner Junge, vielleicht der Enkel des Alten, hinter dem Haus hervor und starrte zu dem weißen Mann hinauf, der vor der Ladentreppe stand.

»Warum habt ihr geschlossen?«, fragte Stevenson.

»Nicht geschlossen«, antwortete der kleine Junge.

»Nicht geschlossen? Aber die Tür ist doch zu! Warum lässt uns dein Großvater nicht ein? Sag ihm, wir wollen einkaufen.«

»Andere können kaufen«, sagte der Junge. »Aber du nicht.«

»Ich nicht? Warum denn nicht?« Stevenson kam es plötzlich albern vor, Erklärungen von einem sechsjährigen Kind zu verlangen.

»Weil du böse bist, sagt Großvater«, erwiderte der Junge und rannte zurück hinters Haus.

»Böse? Böse?«, Stevenson war verwirrt. »Was hat das alles zu bedeuten?«, fragte er Sosimo.

»Garnichts. Wir fahren zum anderen Händler über die Brücke«, sagte der pragmatische Sosimo. »Der hat bestimmt geöffnet.«

Der andere Laden, ein baufälliger Schuppen mit kaum mehr als ein paar Säcken Mehl, ein paar Zuckerhüten, Kerzen, Rum und Tabak, gehörte einem trunksüchtigen Franzosen, der schon so lange in Samoa lebte, dass keiner mehr wusste, wann er gekommen war. Sein Angebot war mager, weil er seine Lieferanten kaum jemals bezahlte, und die Frauen mieden ihn, weil er sie mit seinen entzündeten Augen anstarrte, ohne je ein Wort zu sagen. Jetzt saß er auf einem dreibeinigen Schemel und fing Fliegen. Sosimo kletterte vom Bock und begann mit angewiderter Miene, einzelne Waren unter dem Ladentisch hervorzuziehen. Da erst sah Stevenson eine andere Gestalt im gesprenkelten Schatten eines Brotfruchtbaums sitzen. Er erkannte den Mann sofort, aber zeigte nicht die geringste Wiedersehenfreude.

»Mister Baker?«, fragte Stevenson.

»Ich glaube, ich sollte Ihnen danken.«

»Danken, Mister Baker? Wofür?«

»Für Ihre Mithilfe bei der Säuberung dieser verfluchten Insel. Dafür, dass Sie dem lasterhaften Treiben in dieser Stadt ein Ende gesetzt haben.«

»Wovon reden Sie?«

»Wir haben neulich in meiner Absteige über das Feuer gesprochen. Sie erinnern sich bestimmt. Das reinigende Feuer, das ein Vorgeschmack auf die Hölle ist. Ich wusste, dass Sie mich verstanden haben. Auch Sie hassen diese Leute.«

»Ich? Hassen? Was meinen Sie damit?«

»Sie sehen nicht ein, dass Sie leiden müssen, während diese Leute lachen, trinken und huren. Sie sehen nicht ein, dass Ihre Lungen verfaulen müssen, während diese jungen Kerle ohne festen Glauben, die kaum einen klaren Gedanken fassen können, niemals beten und sich immer weiter von Gott entfernen – dass ausgerechnet die, die verdammt sind, frei atmen können. Auch Sie hassen diese Kreaturen, Sie sehen diese jungen, blühenden Wesen und wissen, dass sie nur dazu da sind, Sie in Versuchung zu führen. Auch Sie wissen, dass nur das Feuer hilft, diesen Ort von der Sünde zu reinigen.«

»Sie sind verrückt.«

»Nicht im geringsten. Ihr Trieb – wie sollen wir ihn nennen? Gier? Verlangen? Wille? – ist stärker, als Sie glauben, und einmal herausgefordert, kann er Wunder wirken. Sie wurden im Wirtshaus gesehen, bevor das Feuer ausbrach.«

»Das ist absurd. Ich war im Haus des Präsidenten.«

Mister Baker lachte abgehackt. »Ja, ich weiß. Dennoch vielen Dank. Ihre Hilfe war sehr willkommen.«

Ohne weiteres Wort kehrte Stevenson zum Karren zurück, um dort auf Sosimo zu warten. Schweiß rann ihm übers Gesicht. Die kühle Brise, als sie endlich abfuhren, brachte ihm keine Erleichterung.

*

Fanny schlief noch, als Stevenson am nächsten Morgen erwachte. Er kleidete sich an und ging in den Garten hinaus. Die Sonne schickte ihre ersten goldenen Strahlen in die tief hängenden Zweige, alles andere lag noch im Dunkel.

Er hörte ein Rascheln in Gebüsch, und plötzlich verstellte ihm Tooteis massige Gestalt den Weg. Stevenson rief »guten Morgen«, aber Tootei antwortete nicht. Eine Weile standen sich die beiden Männer stumm gegenüber. Dann sagte Tootei:

»Tusitala, ich kenne die Geschichte.«

»Welche Geschichte, Tootei?«

»Die Geschichte, die auf dem Berg geschehen ist, und die Geschichte, die im Wirtshaus geschehen ist. Es ist ein und dieselbe Geschichte. Auch Tusitala kennt sie.«

»Ich kenne sie nicht, Tootei. Erzähl sie mir.«

»Die Geschichte fängt so an wie die Geschichten, die du uns erzählst, Tusitala. Sie fängt an mit einem Mann, der auf einer Insel landet. Der Mann bringt viele Dinge mit, sein Bett, seinen Tisch, seine Bücher, seine Frau, und baut sich ein Haus. Aber die Dinge, die er mitgebracht hat, sind nicht gut für die Insel, oder der Insel gefallen diese Dinge nicht. Also wird sein Bett klamm und brütet Krankheiten aus, das Essen auf seinem Tisch bekommt ihm nicht, seine Bücher sprechen nicht mehr zu ihm, seine Frau wird ihm fremd, er verliert das Verlangen nach ihr und begehrt andere Dinge, die nicht ihm gehören, sondern der Insel. Er sagt es nicht, aber nachts träumt er. Er träumt von einem bequemen Platz zum Schlafen, von einem Leib ohne Krankheit und Schwäche, von einer Frau, die sein Begehren stillt. All diese Dinge gibt es auf der Insel, und es gibt sie in seinen Träumen, aber am Morgen wagt er nicht, sie zu nehmen. Und das Begehren macht ihn krank. Eines Tages wird das Begehren so stark, dass es den Mann verlässt und sich allein auf den Weg macht wie ein Jäger, ohne auf den Morgen zu warten. Es jagt die ganze Nacht, und nachdem es seine Beute erlegt hat, geht es schlafen, und der Mann merkt nichts davon. Doch eines Tages sieht der Mann die Übeltaten, die sein Begehren angerichtet hat, er sieht die blutige Spur, aber er verschließt die Augen davor. ›Ich bin der Herr meines Begehrens‹, sagt der Mann. So gehen die Übeltaten weiter, und der Mann verschließt weiter die Augen davor, bis er eines Morgens feststellt: Nicht er ist es, der sein Begehren träumt, sondern sein Begehren ist es, das ihn träumt. Im Traum steigt er auf den Berg, und im Traum sieht er das Mädchen, das er begehrt. Er nimmt das Mädchen mit Gewalt, um seine Gier zu stillen. Und als sie schreit, tötet er sie. Dann erwacht er, und sein

Begehren sagt zu ihm: ›Du hast richtig gehandelt, nun denk nicht mehr daran.‹ Nacht für Nacht lockt das Begehren den Mann hinaus, führt ihn an seltsame Orte und verlangt Dinge von ihm, die er am Morgen vergisst, bis die Träume so quälend werden, dass der Mann nicht mehr schlafen will. Das ist die Geschichte, Tusitala. Du hast meine Tochter getötet, du hast das Wirtshaus angezündet, in dem mein Sohn verbrannt ist, und nun werde ich deiner Geschichte ein Ende machen. Ich werde dich töten.«

Stevenson sah das Messer in der Sonne blitzen und warf sich instinktiv zur Seite. Tootei stürzte sich auf ihn, das runde Gesicht presste sich kurz gegen seine Wange, als wollte Tootei ihn küssen. Stevenson hob das Knie, um den Angreifer abzuwehren, da hörte er ein wisperndes Geräusch, ein Stöhnen, und Tootei sank mit seinem ganzen Gewicht auf ihm zusammen. Die dunklen Gliedmaßen zuckten, wurden starr und erschlafften. Stevenson, der kaum Luft bekam, zwängte sich mit großer Anstrengung unter Tooteis Leib hervor. Dann lag er keuchend auf dem Boden, neben dem Toten, dessen Augen noch geöffnet waren. Eine Blutlache breitete sich aus und näherte sich langsam. Während Stevenson versuchte, sich aufzurichten, wurde das Blut heller und heller. Ihm war, als wäre alle Kraft aus ihm gewichen. Er regte sich nicht, bis das Blut seine Hand erreicht hatte.

*

Diesmal dauerte es eine ganze Woche, bis er das Bewusstsein wiedererlangte. Fanny berichtete ihm hinterher, Sosimo habe ihn draußen gefunden und ins Bett getragen. Doktor Funk sei gekommen und auch der Richter, der Tooteis Leiche abtransportiert und der Familie zur Bestattung übergeben habe. Eine Untersuchung des Vorfalls sei nicht nötig gewesen, da es am Hergang keine Zweifel gegeben habe. Tootei habe Stevenson in einem Anfall von Wahnsinn, verursacht durch den Verlust seiner beiden Kinder, tätlich angegriffen und sei in sein eigenes Messer gestürzt. »Je weniger Aufsehen, umso besser«, hatte der Richter gesagt. Fanny hatte ihm aus ganzem Herzen gedankt.

Als Stevenson erwachte, mit einem salzigen Geschmack im Mund und einem nagenden Schmerz in der linken Seite, wusste er nicht, ob es Tag oder Nacht war. Durch die Fensterläden fiel schwaches Licht. Erst glaubte er, es sei der Mond, dann hörte er Stimmen und wusste, dass es Tag war.

Fanny brachte eine Schüssel mit Wasser und einen Lappen. Sie setzte sich an sein Bett, um ihm das Gesicht zu waschen. In seinen Bartstoppeln hatte sich ein wenig blutiger Auswurf verfangen. Er schaute dankbar zu ihr auf.

»Du hast lange geschlafen.«

»Habe ich etwas gesagt?«

»Du hast schrecklich gehustet und viel Blut verloren. Ich wollte nicht, dass du sprichst, weil es deinen Husten verschlimmert hat. Ein paarmal hast du meinen Namen genannt. Und Tooteis. Du hast nach ihm gerufen.«

»Sonst nichts?«

»Einmal dachte ich, du würdest beten. Du hast undeutliche Worte gemurmelt. Du Ärmster, ich hatte solche Angst um dich.« Sie stellte die Schüssel ab und nahm seine Hände.

Er schlief eine Weile, aber es war eine andere Art von Schlaf, ruhig und erquickend wie seit langem nicht. Als er diesmal erwachte, wusste er, dass es Nacht war. Die Luft war kühl. Und da sah er die Gestalt am Fußende seines Bettes. Er fuhr hoch, als er den Mann erkannte, und sank kraftlos zurück in die Kissen.

»Was wollen Sie hier?«

»Das ist nur ein Besuch in freundlicher Absicht«, sagte Mister Baker. »Ich wollte mich mit eigenen Augen von der Lebensfreude überzeugen, die Sie ständig im Munde führen. Aber was ich sehe, sind die Ringe unter Ihren Augen, Ihr schweißnasses Haar, Ihre blutigen Taschentücher. Und ich stelle mir die endlosen Nächte vor, in denen sich kein Lüftchen regt, in denen nichts zu hören ist als das Sirren der Moskitos. Wenn ich Sie wäre, mein Freund, wüsste ich nicht, wozu ich weiterleben sollte. Das ist der Preis der Sünde, und Sie müssen ihn bezahlen, auf Heller und Pfennig. Wenn ich Sie wäre, würde ich ein Ende machen. Ich würde Gott verfluchen und sterben.«

Stevenson rührte sich nicht. Schon die kleinste Bewegung konnte einen neuen Anfall auslösen. Er sprach langsam und beherrscht.

»Ich weiß, dass ich nicht mehr lange zu leben habe, aber ich befasse mich nicht damit. Genauso wenig wie mit dem Vorgang des Atmens oder des Gehens. Wozu auch? Ich weiß, dass mich der Tod erwartet, aber ich verschwende nicht meine kostbare Zeit darauf, ihm ins eisige Angesicht zu blicken.«

»Ich nehme an, Sie wissen, was Sie getan haben.«

»Was ich getan habe?«

»Ihre Mission. Ihr Wirken als Instrument Gottes. Als Soldat Seiner Armee. Ich bewundere Sie zutiefst.«

»Sie wissen nicht, wovon Sie reden.«

»O doch. Und Sie verstehen genau, was ich meine. Fleisch wird gestraft durch das Fleisch, Blut wird gestraft durch das Blut. Ihr Töten ist frei von Sünde. Das Mädchen, ihr Bruder, ihr Vater, sie alle waren Widersacher Gottes. Spielt es da eine Rolle, dass Sie nur Ihren eigenen Begierden gehorchten?«

»Ich habe niemanden getötet. Und ich dulde nicht, dass Sie das behaupten.«

»Ob von Ihrer oder meiner Hand, oder ob

es das Schicksal war, wenn Ihnen das lieber ist, all das spielt keine Rolle. Sie wollten das Mädchen, Ihr Verlangen hat Sie getrieben, und ich habe für Sie gehandelt. Sie haben das gottlose, betrunkene Pack verabscheut, weil es voller Leben war und weil Ihr Leben zu Ende geht, und ich habe für sie gehandelt, Ihnen zu Gefallen. Die Tat ist vollbracht, Ihr Wille ist geschehen. Wir alle sind Figuren desselben Romans, wie Sie einmal bemerkten, die Rollen sind austauschbar, auch die Rolle des Erzählers. Und als Erzähler wissen Sie, dass die Träume, die aus dem Verlangen geboren werden, Gestalt annehmen, mit Händen zu greifen, mit Augen zu schauen sind. Wollen Sie daran zweifeln? Haben Sie *Religio Medici* vergessen, die Passage, die Sie so sehr lieben?«

Mister Baker zog ein Buch aus Stevensons Regal, mit einer Selbstverständlichkeit, als wäre er bei sich zu Hause. Er schlug die Stelle auf, die mit einem gelben Papierstreifen markiert war, und las:

> Um uns wiederzubegegnen, bedürfen wir nicht des Platonischen Jahrs. Ein jeder ist

nicht nur er selbst; einen Diogenes und einen Timon gibt es in vielerlei Gestalt, wenn auch wenige ihres Namens. Menschenleben wiederholen sich, die Welt ist heute wie in Vorzeiten, erst war da niemand, aber dann war da einer, der ihm gleicht, und das ist sein wiederbelebtes Selbst.

Erneut versuchte Stevenson, sich aufzurichten. Aber die Anstrengung war zu groß. Er sank zurück, schloss die Augen, und Mister Baker legte das Buch auf sein Bett.

»Da Sie dies nun verstanden haben, brauche ich nicht wiederzukommen. Leben Sie wohl, Bruder.«

Als Stevenson die Augen öffnete, war Mister Baker verschwunden.

*

Stevenson erholte sich. Bald konnte er im Bett sitzen, nach einigen Tagen streifte er wieder durch Haus und Garten. Die Wege schienen, wie um Sosimos Bemühungen zu trotzen, nie frei von Vegetation zu sein: Wurzeln und

Rankenwerk wuchsen nach, kaum dass sie beschnitten waren, reife Früchte fielen herab, platzten auf wie frische Wunden, um ihre glänzenden Samen zu verstreuen, Ameisenheere kreuzten die Pfade und schleppten Blätter von Wildnis zu Wildnis. Stevenson durchquerte das Brotfruchtwäldchen und trat in die Sonne hinaus. Hier blieb er stehen und blickte mit einem seltsamen Gefühl der Erleichterung hinaus auf das, was er seine Insel nannte. Ein einsames Pferd stand im hohen Gras und schlug mit dem Schwanz nach den Fliegen; hinter dem Pferd wand sich der Bergpfad rot wie eine Narbe den Hang hinauf. »Tod dem Sehnerv«, ermahnte sich Stevenson, aber es war sinnlos, weil sich die Landschaft vor ihm ausbreitete wie eine Schriftrolle, und er fühlte sich verpflichtet, ihre Botschaft zu lesen, die Farben, Formen und Muster, sie fast unbewusst in Worte zu übersetzen wie ein Mann, der nicht aufhören kann, mit sich selbst zu sprechen.

Er versuchte, nicht an das Geschehene zu denken. Hier in der grünen Hitze kamen die Verbote nicht vor. Das Böse war tabu, unentäußert, es wurde nicht zu Sprache. In Edinburgh hingegen waren die alttestamentarischen Gebote *Du sollst nicht …* in Stein gemeißelt, in gotischen Buchstaben, für die Sir Walter Scott in seiner Jugend so geschwärmt hatte, und Stevenson war bei seinen Gängen durch die Stadt, ohne es zu wollen, mit dem Verbotenen konfrontiert worden, mit Sünden, die allen kundgetan waren, dargeboten wie ein dunkler Spiegel, auch denen, die ihnen noch nicht verfallen waren.

*

Etwa eine Woche später wagte er sich an den Schreibtisch zurück. Er war merkwürdig aufgewühlt und fühlte sich doch unwohl, wie aus einem Alptraum erwacht, den er vergessen hatte. Fanny beschwor ihn, wenigstens einen Teil des Tages im Bett zu verbringen, aber vergebens. Die neue Geschichte, so sagte er, füge sich zu schnell zusammen, er müsse mit ihr Schritt halten, oder sie würde ihm für immer entschlüpfen.

Er schrieb den ganzen Vormittag, und am Nachmittag überbrachte er Fanny das Geschriebene zur Beurteilung. Die Stimme von Mister Baker, die Gebärden des toten Mädchens, die unheimliche Absteige mit ihren seltsamen Bewohnern, selbst seine schlimmsten Träume fanden Eingang in die Geschichte, die Südseeinseln waren zu einer nordischen Landschaft gefroren, die Flaschenbäume in Kirchen verwandelt, die Bäche in belebte Straßen. Fannys Bewunderung und Zustimmung waren ihm Lohn genug.

Nun musste er an die Beantwortung der Post gehen – nicht der Geschäftsbriefe, die hob er sich für später auf, sondern der langen, liebevollen Briefe ferner Freunde, die schon vor Tagen eingetroffen und dennoch in frischer Erinnerung waren. Er machte sich an die Arbeit, und die Stunden vergingen wie im Fluge.

Bei Sonnenuntergang kam er herunter, belustigte sich ein wenig über Fannys düstere Stimmung, sprach von einer Lesereise nach Amerika, die er unternehmen wolle, da »sein Befinden ausgezeichnet« sei, und spielte eine Partie Karten mit ihr, um ihre Melancholie zu vertreiben. Er sagte, er sei hungrig, und erbat ihre Hilfe bei der Zubereitung eines Salats

fürs Abendessen. Zur Krönung des kleinen Mahls holte er eine Flasche alten Burgunders aus dem Keller. Bei den Vorbereitungen auf der Veranda, mitten im angeregten Gespräch mit Fanny, hob er die Hände an den Kopf und rief:

»Was ist das?«

Er brach neben ihr in die Knie.

»Mein Gesicht! Hat es sich verändert?«, schrie er.

Fanny rief um Hilfe, und Sosimo kam herbeigeeilt. Sie nahmen ihn in die Mitte, führten ihn ins Wohnzimmer und legten ihn in den Sessel, der einst seinem Großvater gehört hatte. Fanny beugte sich über ihn und küßte den bereits Bewusstlosen.

Doktor Funk wurde gerufen, aber als er kam, genügte ihm ein einziger Blick. Stevenson war fortgegangen. Dorthin, wo er für nichts und niemanden mehr zu erreichen war.

Zu den Holzschnitten

Die in unserer Ausgabe wiedergegebenen Holzschnitte stammen von Robert Louis Stevenson. Wegen seines Lungenleidens hielt sich Stevenson 1881 mit seiner Frau Franny und den beiden Kindern in Davos auf, wo Geldsorgen die Familie bedrückten. Lloyd Osbourne, der Stiefsohn, bekam dies mit und begann mit seinem Kinder-Stempelspiel die Konzertprogramme des Hotels Belvedere zu drucken und zu verkaufen. An diesen »Verlag« sollte sich Stevenson wenig später höchst ernsthaft mit dem Gedichtmanuskript »Not I, and Other Poems« wenden, die Osbourne & Co. umgehend druckten. Es gelang, die gesamte Auflage von 50 Exemplaren zu verkaufen. Ein Schweizer Holzschnitzer half dann beim nächsten Projekt, den »Moral Emblems: A Collection of Cuts and Verses«, deren beide Bände die von uns wiedergegebenen Holzschnitte Stevensons enthielten. Vom ersten Band waren neunzig Exemplare vergriffen, und es erschien sogar eine zweite Auflage.

Weitere Hinweise zu diesem ungewöhnlichen Familienprojekt finden sich in der von Allan Massie besorgte Ausgabe der »Moral Emblems & Other Poems Written and Illustrated with Woodcuts by Robert Louis Stevenson«, Edinburgh 1986.

Zum Autor

»Lies, um zu leben.«
Gustave Flaubert

Alberto Manguel, 1948 in Buenos Aires geboren, wuchs in Israel und Argentinien auf und ist kanadischer Staatsbürger. In mehreren Sprachen zu Hause, wirkte er unter anderem in Buenos Aires, Paris, Mailand, London und Toronto als Verlagslektor, Literaturdozent und Übersetzer.

Sein in alle Weltsprachen übersetztes Buch ›Eine Geschichte des Lesens‹ wurde 1998 mit dem Prix Medicis ausgezeichnet. In ihm feiert er eine der schönsten »Möglichkeiten des Glücks«, wie der blinde Jorge Luis Borges sagte, zu dessen Vorlesern auch der junge Buchhändler Alberto Manguel gehört hatte. Von seinen Lektüren berichtet Manguel in dem Buch ›Im Spiegelreich‹, von der Welt der Malerei in ›Bilder lesen‹. ›Stevenson unter Palmen‹ ist aber nicht seine erste Erzählung. Über seinen Roman ›Im siebten Kreis‹ schrieb Elke Heidenreich im ›Focus‹: »Ein fesselndes Buch über die ungestrafte Grausamkeit der Mächtigen, die sich nach der Folter lächelnd zu Tisch setzen und über Poesie reden.« Diese moralische Lücke, der blinde Fleck zwischen unserem Handeln und unserem Wissen, nimmt Alberto Manguel immer wieder in den Blick und folgt dem Imperativ des aufmerksamen, engagierten Lesers: »Denn das Verlangen zu lesen ist wie alle anderen Sehnsüchte, die unsere unglückliche Seele aufwühlen, der Analyse fähig.« (Virginia Woolf).

Alberto Manguels Essay ›Chez Borges‹ erscheint 2003 als Nachwort zu ›Im Labyrinth‹, einem von ihm herausgegebenem Jorge Luis Borges-Lesebuch.